長編小説

義母と義妹　みだら家族

睦月影郎

竹書房文庫

目次

第一章　義母と義妹が同居　5
第二章　熱く悶える熟れ肌　46
第三章　メガネ美女の淫欲　87
第四章　乙女の淫らな祈り　128
第五章　禁断の制服で3P　169
第六章　義母の蜜に溺れて　210

※この作品は竹書房文庫のために
書き下ろされたものです。

第一章　義母と義妹が同居

1

（これから、何か良いことがあると嬉しいんだけど……）

恭一《きよういち》は、パソコンのスイッチを切ると、伸びをしながら思った。

何しろ、今までの生活がガラリと変わり、父と二人で暮らしていたこの家に、二人の女性が住むようになったのである。

橋場《はしば》恭一は二十歳《はたち》になったばかり。美大を中退し、今は下手ながら雑誌の挿絵イラストを描き、たまにコラムなど書いて微々たる収入を得ていた。

四十八歳になる父の利光《としみつ》は、大手電機メーカーの技術者で、今は技術指導で海外出張に出ている。アメリカから、ヨーロッパ、アジアを巡って一ヶ月間、地球を一周して帰ってくる予定だ。

母は恭一が赤ん坊の頃に病死し、あまり記憶は残っていない。

以後は利光の両親、つまり祖父母に育てられてきた。その祖父母が去年相次いで他界し、恭一は父と二人でこの広い屋敷に住むようになった。

父は忙しく、ろくに家にも帰らないが、もう恭一も成人しているので冷凍物などの食事でも不自由はしていない。

理工系の父と違い、恭一は完全な文学芸術系だったが、高校時代から不登校で、あまり外に出るのが好きではない。そこで美大の在学中にイラストや短いエッセーが認められ、これ幸いと中退し、家に引き籠《こ》もって仕事をしていた。

イラストはタブレットで描いて送信するので、編集が原画を取りに来たり彼が届けに行くこともなかった。

屋敷は都下郊外にある百坪の敷地で、いずれ父が引退したらマンションでも建て、恭一も管理人の一人として住み、不動産収入で食いっぱぐれもないという実に恵まれた環境にあった。

だからこそ彼は好きなイラストや文章を仕事にし、放任主義の父も好きにさせてくれている。

ところが、その父が今月になり、いきなり子持ちの女性と再婚したのである。

同居するようになった二人の女性とは、その母娘だった。

母親の方は、三十九歳になる亜津子《あつこ》。一人娘は十八歳で短大生の里沙《りさ》だ。

亜津子はブティックを経営し、夫を事故で亡くして五年。色白で巨乳の美熟女で、顔合わせの会食の時は恭一も目を見張り、あまりの艶《あで》やかさに食事も喉を通らなかったほどだ。

里沙も、まだ少女の面影を残す美形、笑窪《えくぼ》が愛らしく明るい性格で、何かと恭一に話しかけてきた。

今まではブティックの二階で母娘は暮らしていたようだが、商売も上手くいっているようで、事務机や在庫を置くスペースに占領されつつあったらしく、今回の再婚と引っ越しは願ってもないようだった。

この家も間数だけは多く、母娘の私物も少なかったので引っ越しも実にスムーズだった。

利光と亜津子の出会いは、仲人《なこうど》好きな知り合いの社長夫人の計らいだったようで、父も一目で彼女が気に入ったのだろう。

大々的な披露宴などはせず、親しい者たちだけで宴会をしただけだった。

亜津子は中央線でブティックに通い、里沙は短大が近くなったことを喜んでいた。

もし恭一が美大を辞めていなかったら、朝のトイレラッシュなど彼にはとても堪《た》えられなかっただろう。入れ替わりに入ろうものなら、美しい母娘の残り香が目的ではないかと思われても困る。

そう、あまり外へ出ず人と会わない恭一は、とかく物事を深く考えすぎるきらいがあった。

あとは夕食で、母娘と差し向かいになるとどうにも緊張し、喉に詰まりそうになってしまったが、これは追々慣れていくしかないだろう。部屋で一人で食事する手もあるが、せっかく美人母娘がいるのだからと、やはり恭一も同居生活に胸をときめかせていたのだ。

また性欲だけは旺盛で、日に二度三度とオナニーして抜かなければ落ち着かないほどである。

ただ引き籠もりだったので、もちろん恭一は完全無垢《むく》な童貞。高校時代に片思いをした子もいないではなかったが、シャイで告白など出来ず、ひたすら面影でオナニーするばかりだった。

風俗どころかファーストキスも未経験、女性と手を握ったこともなく、もっぱらネット画像や妄想で熱いザーメンを放つ日々を送っていた。

それが、いきなり美人母子が同居するようになったのだ。

亜津子は女神様のように優しく、里沙は天使のように可憐だった。

昼間は恭一が家で一人きりだから、母娘それぞれの部屋に忍び込み、枕でも嗅いでオナニーしたいところだったが、もし侵入が知れたら大変なことになると思い、そんな勇気も湧かなかった。

まあ、歳よりも幼く頼りなげな恭一だから、間違いなど起きないと安心して利光も海外出張に行ったのだろう。

それでも一人の時ゆっくりトイレに入ると、この便座に母娘が座ったのだと思うとどうしようもなく勃起してしまった。

もちろん今まで父と二人だったからトイレに汚物入れなどなく、母娘が来てからも置かれることはなかったから、それぞれでゴミ箱に処理するのだろう。

屋敷は平屋で大きいが、順次改築されているので窓は全てサッシ、バスルームも広く、トイレもシャワー付きになっていた。

亜津子や里沙の部屋に忍び込む勇気はないが、洗面所にある赤とピンクの歯ブラシだけは思わず嗅いだり舐《な》めたりしてしまった。

そして母娘が住むようになって三日目の今日、とうとう恭一は洗面所にある洗濯機の中を覗いてしまったのだ。

蓋を開け、震える手で中身を探った。父のものはないので、自分と母娘の洗濯物だけだ。

亜津子のストッキングと、里沙のソックスが見つかり、引っ張り出して爪先を嗅ぐと、股間が痛いほど突っ張ってきてしまった。

どちらも蒸れた匂いが濃く沁み付き、汗と脂《あぶら》の湿り気が感じられた。

亜津子のものらしいブラウスを出して腋《わき》を嗅ぐと、やはり濃厚に甘ったるい汗の匂いが沁み付いていた。

まだ昼前だから、母娘が帰宅する夕方までは充分に間がある。

恭一は下着ごとズボンを下ろし、ピンピンに勃起したペニスを解放してから、再び母娘の体臭を貪《むさぼ》った。

そして、とうとう二人の下着を取り出したのだ。

大きさで、母娘の区別が付いた。里沙のものは白いコットンで、丸めれば手のひらに納まるほど小振りのものだ。広げて裏返すと、クロッチには食い込みの縦ジワと、レモン水でも垂らしたようなシミが認められた。

抜けた恥毛や、肛門の当たる部分の汚れなどはなく、とにかく中心部に鼻を埋めて嗅ぐと、甘酸っぱい匂いが繊維に沁み込んでいた。

（ああ、これが美少女の割れ目の匂い……）

恭一は感激と興奮の中で思い、成分を吟味《ぎんみ》するように匂いを貪った。

甘酸っぱいのは蒸れた汗の匂いで、それにほのかな残尿臭や、恥垢《ちこう》のチーズ臭も感じられた。

里沙は女子高から女子短大に進み、見たところまだ付き合っている彼氏などはいなさそうで、もしかすると処女だろう。

恭一は激しく胸を高鳴らせながら匂いを嗅ぎまくり、さらに亜津子のショーツも手に取った。

それは里沙のものよりやや大きめだがお洒落《しゃれ》なデザインで、さすがブティックを経営するだけあり、スベスベの高級そうな素材である。

やはり彼にとっては、同じ無垢な美少女より、まず亜津子のような美熟女に手ほどきを受けるのが長年の夢であった。

亜津子のショーツを裏返し、割れ目が密着する中心部に目を凝らした。

幻滅するほど汚れていたら、こんな行為は止《や》めにしたかも知れないが、それは里沙の下着と同じく、ほとんどシミはなく清潔なものだった。

それでも嗅いでみると、繊維の隅々には熟れた汗の匂いが甘ったるく籠もり、悩ましく鼻腔が刺激された。

中心部には、やはりオシッコの匂いも混じって感じられ、鼻腔を満たす刺激がペニスに伝わってきた。

もう堪《たま》らず、彼は幹をしごきながら匂いを貪り続けた。

肛門の当たる部分にも鼻を埋めて嗅いだが、特に他と異なるような生々しい匂いは感じられなかった。

割れ目の部分に戻り、執拗に熟れた体臭を嗅いだが、舐めると匂いが薄れる気がして、ひたすら嗅ぐだけにした。

やがて充分すぎるほど高まると、彼はいったんショーツを置いて、いつものようにザーメンが飛び散らないようティッシュで亀頭を包み、再びしごきはじめた。

そして母娘両方のショーツを取り、股間の部分を同時に両の鼻の穴に当てて成分を吸収した。

(ああ、なんていい匂い……)

恭一はミックスされた匂いで鼻腔を満たしながらそう思うと、同時に激しい絶頂の快感に全身を貫かれてしまった。

「あぁッ……！」

彼は声に出して喘ぎ、ガクガクと全身を震わせながら、熱い大量のザーメンをドクンドクンと勢いよくほとばしらせた。

その快感は今までで一番大きく、勢いと量も多いので、ザーメンがティッシュを突き破るように噴出して床に滴《したた》った。

やがて惜しまれつつ快感が下降線をたどり、彼は徐々に全身の力を抜いていった。

そして母娘の匂いを嗅ぎながら、うっとりと余韻に浸り込んでいったのだった。

2

（病《や》みつきになりそうだ……）

自室に戻った恭一は、まだ動悸《どうき》が治まらないまま椅子に座って思った。

もちろん母娘の下着は、漁《あさ》った痕跡が分からないように洗濯機の奥へと戻し、床のザーメンも拭き清めた。

やはり母娘の下着を嗅いでのオナニーは、恭一に最大限の興奮と快楽を与えてくれた。午後も、もう一度したいと思うほどである。

しかし、義母や義妹と直《じか》にセックスしようという気にはなれず、また、いくら頑張っても出来るはずもないと思っていた。シャイな彼にとっては、嫌われて気まずくなるのを最も恐れていたのである。

彼の部屋は玄関脇の洋間で、机には二台のパソコンとタブレット、あとはベッドと夥《おびただ》しい本の詰まった書棚ばかりだ。

一人でいることばかりなので、来客や宅配便などの応対で玄関脇が便利である。

里沙は奥にある六畳の洋間を自室とし、亜津子は夫婦の寝室で、新たにセミダブルとシングルのベッドを二つ並べてある。

他は仏間に納戸、客間など、まだまだ空いた部屋は多く、リビングとキッチンも広かった。

恭一はパソコンを立ち上げ、仕上げたイラストを確認してから送信した。

雑誌の挿絵は、主にミステリーや現代小説のもので、たまにエッセーに付ける小さなカットなどを描いている。

コラムは、身辺雑記や人気コミックなどの書評で、事細かな部分を根掘り葉掘り追究するので、一部のマニアにはそれなりに人気があった。

ただ、まだ単発の仕事ばかりで連載ものなどはやらせてもらえず、自分の画集やエッセー本などは夢のまた夢だった。

不登校がちながら、中学高校はずっと美術部で、最初はマンガ家を希望していたがストーリーを作る才能はなく、美大に入ってからも、ひたすらイラストのみに専念していた。

運動はまるでダメで、体育祭などは全てサボった。色白で非力、とにかく家の中で絵を描いたり読書していれば幸せだった。

それが母娘と同居するようになり、顔を合わせれば何か喋らなければならない。最初は億劫《おっくう》だったが、やはり美人母娘と会うのは胸がときめき、少しずつだが人と話すことにも慣れそうだった。

やがて恭一はキッチンに行き、冷凍パスタをチンして昼食を済ませた。

仕事は一段落したので、あとすることといえば読書とオナニーだけだ。

もちろん時間を置いたので、すぐにも洗面所に行って嗅ぎたい衝動に駆られた。

烏龍茶《ウーロン》を飲んで洗い物を済ませると、恭一は勃起しながら洗面所へ行き、まずは食後の歯磨きだ。

もちろん自分の歯ブラシではなく、赤とピンク、亜津子と里沙の歯ブラシを手にして歯磨き粉は付けず、そのまま含んで歯を磨いた。

股間はピンピンに突っ張り、やがて彼は歯磨きを済ませて口をすすぎ、二本の歯ブラシも念入りに洗って戻した。

そしてペニスを露出しようとしたところで、玄関チャイムが鳴ったのだ。

「うわ……」

恭一は声を洩《も》らし、慌てて玄関に行ってドアを開けた。

「ただいま」

何と、里沙が早々と帰ってきてしまったのだ。

「おかえり……」

恭一は、清楚な服を着た短大生を迎え入れ、ふんわり漂う生ぬるく甘い匂いを感じながら、懸命に股間を鎮《しず》めようと努めた。

「午後が休講だったので、学食でお昼済ませて帰ってきたの」

「そう」

恭一が答えると、里沙は奥の部屋にカバンを置きに行き、彼はすれ違う風を吸い込んだ。

しかし、すぐにまた里沙が上着だけ脱いで出てきたのだ。

「ね、恭兄ちゃんの絵を見たいわ」

里沙が大きな目で彼を見つめて言う。一人っ子の彼女は兄が出来たのを嬉しがり、最初から彼を恭兄ちゃんと呼んでいた。

そう呼ばれると、恭一は胸が甘美な悦《よろこ》びに満たされるのだ。

彼もまた一人っ子だったが、特に兄妹が欲しいとか思ったことはなかったものの、やはりそう呼ばれるのは嬉しかった。

「いいよ」

恭一は答え、里沙を自分の部屋に招き入れた。もちろんここに女性が入ったのは初めてである。

「すごい本……」

里沙は書棚を見回して言い、彼は椅子に掛けてパソコンのスイッチを入れ、今まで保存したイラストを出した。

どれも風景や男女が語り合っているようなもので、ヌードや濡れ場などは一度も描いていないから、見られて困るものはなかった。

「わあ、上手だわ」

すぐ里沙が恭一の肩越しにモニターを覗き込んで言うと、胸の膨らみが彼の背に当たって弾《はず》んだ。

熱く湿り気ある吐息が彼の鼻腔をくすぐると、それはイチゴでも食べたばかりのように甘酸っぱい匂いがした。昼食後に歯磨きしていないようだから、やや濃い刺激が含まれているが、何しろ美少女の吐息だから鎮まりかけた股間がムクムクと勃起してきてしまった。

しかも昼前には里沙の下着まで嗅ぎ、彼女の匂いをすっかり覚えているのである。

「これ一枚に何時間ぐらいかかるの？」

「これぐらいなら、二時間弱かな……」

里沙は、自分の息の匂いがどれほど男を興奮させるかなど全く気づかないように無邪気に話しかけ、しかも手を伸ばして勝手にスクロールさせると、さらに胸の膨らみが背に押し付けられた。

恭一は歯磨きしたばかりだが、こんな近くに女性の顔が迫るのは初めてなので自分の口臭が気になり、吸うばかりが多くなり今にも過呼吸を起こしそうだった。

「まあ、恭兄ちゃん顔が真っ赤だわ」

ふと気づいた里沙が言い、いきなり彼の額に手のひらを当ててきた。

「熱いわ、風邪気味なの？」

里沙が彼の顔を覗き込み、かぐわしい果実臭の息で言う。

「い、いや、実は女の子と話すなんて初めてだから……」

恭一は正直に答えた。

「まあ、じゃ、もしかして童貞？」

里沙は驚いたように言い、手を離して彼の顔を見つめた。

美少女の口から童貞などという言葉が出て、さらに勃起が増してしまった。

「あ、ああ、ほとんど引き籠もりだからね……」

「そう、がっかり……」

里沙が言い、もう絵の興味がなくなったように身を離すと、そのままベッドの端に座った。

「どうして？」

「体験者に、いろいろ訊《き》きたいことがあったから」

「どんなこと？　体験はなくても知識は色々あるからね」

恭一は言い、椅子を回転させて向き直った。

「今日のお昼、お友達の初体験話を聞いたの。ずいぶん悩んでいたから」

「ということは、里沙ちゃんはまだ処女……？」

彼も、里沙の明るさにつられて、そうした言葉が出せるようになっていた。

「里沙って呼んで。お兄ちゃんなんだから」

彼女が無邪気に言う。母親とも友だち関係みたいだし、新たな父親が出来たことにも抵抗はないようだ。

「うん、里沙は……」

恭一は、意を決して言った。

「ええ、まだキスも何もしていないわ。だから、いつまでも子供扱いされるの」

「それで、友だちの悩みって？」

「彼氏が出来たので覚悟してアパートに呼んだら、キスしたら、すぐに入れてきたんだって」

里沙は普通の口調で言うが、さすがに笑窪の浮かぶ頬はほんのりと水蜜桃のように上気していた。

「そ、そう、それは性急すぎるね。痛いだろうし……」

「そうなの。舐めてもくれないことがショックだったたって、念入りに洗って準備していたのに。男の人って、そういうものなの？」

里沙が小首を傾《かし》げて言い、いつしか室内には美少女の匂いが甘ったるく立ち籠めはじめていた。

「そういうものじゃないよ。隅々まで賞味して、互いに高まってから、挿入は最後でないとね」

「そうよね。自分勝手で乱暴だわ」

「ああ、自分の快感のみを優先する男とは別れた方がいいね」

「良かった。恭兄ちゃんは私と同じ考えだわ」

里沙が言い、目をキラキラさせて、さらに強烈な話題を出してきたのだった。

3

「ね、恭兄ちゃんは、どれぐらいオナニーしているの?」

里沙に言われ、恭一は激しい勃起が治まらなかった。清楚で可憐な美少女も、短大では同性とかなり際どい話ばかりしているのだろう。

「い、一日に二回か三回……」

ここでも彼は正直に答えていた。

「まあ、そんなに多いの?　今日もした?」

里沙が目を丸くして言い、さらに頬をピンクに染めた。

まさか、昼前に母娘の下着で抜き、すっかり君の匂いも覚えたんだよなどとは口が裂けても言えない。

「さ、さすがに今日は仕事していたからね、まだしていない」

「そう、どんなことを考えるの？　それとも何か見ながら？」

里沙は細かに質問して、その目は好奇心に輝いている。

「も、妄想が多いかな。やっぱり、ネット画像より直に生身《なまみ》の女性を見たいし、そうしたら身体中舐めたいので、そんなことを考えながら……、それで、里沙も自分でするの……？」

恭一は言いながら、まさか自分が美少女とこんな話をするなど今まで夢にも思わなかったものだ。

「ええ、するけど……」

すると里沙が答えて小さく息を吐き、思い詰めたように彼を見て言った。

「私とも、してみたい？」

「え……、いけないよ、もう兄妹なんだし……」

言われて、彼は激しく胸を高鳴らせて答えた。したいと答えて出来るなら良いが、

下心満々の兄と同居など気味悪がられたら目も当てられない
「でも血は繫《つな》がっていないんだし、お兄ちゃんが初体験の相手なんて、何だかドキドキするわ……」

里沙が、ひたむきな眼差《まなざ》しで訴えかけるように言う。

もちろん愛情ではなく、好奇心が全てであり、あるいは満足できなかった友人に助言もしたいのかも知れない。

「最初が僕でいいの？」

「いいわ、恭兄ちゃんが私でいいと言うなら」

「い、いいよ。本当にいいなら」

恭一が言った途端、里沙は身を起こした。

「じゃ急いでシャワー浴びてくるわね」

部屋を出ようとするので、彼は慌てて押しとどめた。

「そ、そのままでいいよ。僕は朝シャワー浴びたし」

「だって、朝からずいぶん動き回ったのよ……」

里沙が、モジモジと尻込みして答えた。

「初めてだから、どんな匂いか知りたいし、どうか今のままでお願い」

出来るだけで幸せなのに、やはり生の匂いを知りたい欲求が強く、彼は執拗にせがんだ。まして彼女もシャワーを浴びたら冷静になり、する気が消え失せてしまうかも知れないから、今は勢いが大事だろう。

するとと里沙も、諦めたように肩の力を抜いた。

「いいわ、でも汗臭いからやっぱり浴びてこいなんて言わないでね」

「言わないよ、そんなこと決して」

彼が言うと、里沙も意を決してブラウスのボタンを外しはじめた。

まだ午後二時だ。亜津子の店は六時閉店と聞いているので、まだまだ充分に時間はある。

ためらいなく脱ぎはじめると、さらに服の内に沁み付いた熱気が解放され、甘ったるい匂いが部屋に籠もった。

恭一も震える指で脱ぎはじめ、全裸になると勃起したペニスを露わにさせて、先にベッドに横になった。

里沙は彼に背を向けてブラを外すと、白く滑らかな背中を見せ、最後の一枚を下ろしていった。形良い尻がこちらに突き出され、彼は眺めるだけで暴発しそうになってしまった。

初体験できるなら、昼前に抜かなければ良かったと思ったが、逆に一回したから暴発を免《まぬが》れ、じっくり味わえるかも知れないとも思った。

一糸まとわぬ姿になると里沙は向き直り、見られるのを恥じらうように急いで添い寝してきた。

「ああ、すごくドキドキするわ……」

里沙が息を弾ませて言い、後悔する様子もなさそうなので、恭一は積極的に行動を起こしはじめた。

本来なら美熟女の手ほどきを受けて女体を知ってから、処女の少女を相手にしたかったが、無垢同士というのも運命の巡り合わせなのだろう。

「じゃ嫌だったら言うんだよ」

恭一は言って身を起こし、里沙の胸を見下ろした。

亜津子に似て、巨乳になりそうな兆《きざ》しが見え、形良い膨らみが息づいていた。さすがに乳首と乳輪は初々《ういうい》しく淡い桜色で、微妙に周囲の肌に溶け込んでいた。

彼は吸い寄せられるようにチュッと乳首に吸い付き、舌で転がしながらもう片方を指で探った。

「あん……」

里沙がビクッと震えて喘ぎ、クネクネと身悶えた。感じるというより、くすぐったそうな反応である。

恭一は充分に味わい、もう片方の乳首も含んで舐め、顔中を押し当てて思春期の弾力を堪能した。そして左右の乳首を交互に舐め、さらに彼女の腕を差し上げて腋の下に鼻を埋め込んで嗅いだ。

生ぬるく湿ったスベスベの腋には、濃厚に甘ったるい汗の匂いが籠もり、悩ましく鼻腔を満たしてきた。

やはりブラウスの腋を嗅ぐより、生身の方がずっと濃く興奮も増した。

「いい匂い」

思わず言って舌を這わせると、

「あう、ダメ、くすぐったいわ……」

里沙が呻《うめ》き、腕で彼の顔をきつく抱え込んだ。

胸いっぱいに嗅いでから柔肌を舐め下り、体の中心に移動して愛らしい縦長の臍《へそ》を舌先で探り、ピンと張り詰めた下腹に顔を押し付けて感触を味わった。

耳を当てると、奥から微かな消化音が聞こえ、やはり天使ではなく生身の肉体を持つ人間なのだと実感した。

そして彼は股間を最後に取っておくことにし、腰から脚を舐め下りていった。

もちろん早く割れ目を見たり舐めたりしたいが、それこそ性急に挿入したくなるので後回しにしたのだった。まして処女が身を投げ出しているのだから、隅々まで味わなければ勿体《もったい》ない。

滑らかな脚を舌でたどり、足首まで下りると彼は足裏に回り込み、踵《かかと》から土踏まずを舐め、縮こまった指に鼻を割り込ませて嗅いだ。

指の股は生ぬるい汗と脂に湿り、ムレムレの匂いが濃厚に沁み付いて鼻腔が刺激された。

やはりソックスとは比べものにならない濃度で興奮が増した。

充分に蒸れた匂いを貪ってから爪先にしゃぶり付き、指の股に順々に舌を潜《もぐ》り込ませていくと、

「あう、汚いのに……！」

里沙が驚いたように声を上げ、彼の口の中で唾液に濡れた指を蠢《うごめ》かせた。

彼はもう片方の爪先も存分に嗅いでから、全ての指の股を舐め、味と匂いを貪り尽くしてしまった。

「ああ、信じられない、そんなところ舐めるなんて……」

里沙は息を震わせて言ったが、拒む様子はなかった。

ようやく彼は顔を上げ、

「じゃうつ伏せになってね」

言うと里沙も素直に寝返りを打ち、尻と背中を見せた。

恭一は踵からアキレス腱、脹《ふく》ら脛《はぎ》から汗ばんだヒカガミを舐め上げ、太腿《ふともも》から尻の丸み、腰から滑らかな背中を舐め上げていった。

特にブラのホック痕《あと》は汗の味がし、舐め回すと彼女はくすぐったそうに、

「アアッ……」

顔を伏せて喘いだ。

肩まで行くと彼はショートカットの髪に鼻を埋め、幼く乳臭い匂いを貪ってから、耳の裏側の蒸れた湿り気も嗅いで舌を這わせ、うなじから再び背中を舐め下りていった。たまに脇腹にも寄り道してから尻に戻ると、うつ伏せのまま股を開かせて顔を寄せた。

指でムッチリと双丘の谷間を広げると、奥には薄桃色の可憐な蕾《つぼみ》がひっそり閉じられていた。

単なる排泄器官の末端が、どうしてこんなに魅惑的なのだろう。

恭一は見とれてから蕾に鼻を埋め、蒸れた匂いを嗅いでから舌を這わせた。

細かに収縮する襞《ひだ》を濡らし、ヌルッと潜り込ませて滑らかな粘膜を探ると、

「あう、ダメ……」

里沙が呻き、キュッときつく肛門で彼の舌先を締め付けてきた。

恭一は舌を蠢かせ、充分に味わってから顔を上げ、再び彼女を仰向《あおむ》けにさせた。

そしてムチムチと張りのある白い内腿を舐め上げてから、とうとう神秘の部分に顔を迫らせていったのだった。

4

「アア、恥ずかしいわ……」

里沙が股間に恭一の熱い視線と息を感じ、喘ぎながら白い下腹をヒクヒクと波打たせた。

ぷっくりした丘には楚々とした若草が恥ずかしげに煙り、割れ目からはピンクの花びらが僅かにはみ出していた。そっと指を当てて左右に陰唇を広げると、微かにクチュッと湿った音がして中身が丸見えになった。

ピンクの柔肉全体は溢れる蜜にヌラヌラと潤い、無垢な膣口《ちっこう》が花弁状の襞を入り組ませて息づいていた。

その少し上に、ポツンとした尿道口も確認でき、包皮の下からは小粒のクリトリスが真珠色の光沢を放って顔を覗かせていた。

「そ、そんなに見ないで……」

里沙がか細く言うと、もう彼も我慢できずに顔を埋め込んでいった。

柔らかな恥毛に鼻を擦りつけて嗅ぐと、隅々に蒸れて籠もった汗とオシッコの匂いが鼻腔を刺激し、さらに恥垢のチーズ臭も混じって感じられた。

やはり下着よりも、新鮮なナマの匂いという感じがする。

「なんていい匂い……」

「あん、嘘……」

嗅ぎながら股間から思わず言うと、里沙が喘ぎ、内腿でキュッときつく彼の両頰を挟み付けてきた。

胸を満たしながら舌を這わせ、陰唇の内側に差し入れ、処女の膣口をクチュクチュ探ると、ヌメリは淡い酸味を含んで舌の動きを滑らかにさせた。

そのまま味わうようにゆっくり柔肉をたどり、クリトリスまで舐め上げていくと、

「アアッ……！」

里沙が声を上げ、ビクッと顔を仰《の》け反《ぞ》らせながら内腿に力を込めた。

チロチロと上下左右に舌先を蠢かせて舐めると、やはり最も感じる部分なのか、彼女の身悶えと蜜の量が増した。

彼は執拗にクリトリスを舐めながら、指に愛液を付け、無垢な膣口に潜り込ませていった。

きつい感じはするが他に比較する体験もなく、指は愛液のヌメリに助けられてズブズブと奥まで吸い込まれていった。

中は熱く濡れ、彼は指の腹で小刻みに内壁を摩擦し、天井のＧスポットと思える膨らみもそろそろと圧迫してやった。

全てはネットの知識による愛撫だが、里沙もキュッキュッときつく指を締め付けてきた。

膣内が上下に締まるのも新鮮な発見だった。つい陰唇を左右に開くから、穴の中も左右に締まるかと思ったが、実際は上下である。そういえばペニスが上下に動くのと同じ原理なのかも知れない。

「痛くない？」

「ええ、いい気持ち……」

舌を引っ込めて訊くと、里沙はうっとりと目を閉じて小さく答えた。

再びクリトリスを舐め回し、匂いに酔いしれていると、

「アア、いきそう、ダメ……、ああーッ……！」

彼女が声を上ずらせるなり、ガクガクと小刻みに痙攣《けいれん》した。

収縮と愛液の量も増し、どうやら舌と指の刺激だけでオルガスムスに達してしまったらしい。

「も、もうダメ……」

里沙が言い、懸命に両手で彼の顔を股間から追い出しにかかった。

やはり射精直後の亀頭のように、かなり過敏になっているのかも知れない。

恭一も充分に匂いを鼻腔に刻みつけてから舌を引っ込め、指を引き抜いて股間から這い出した。

そして添い寝し、里沙の呼吸と痙攣が治まるのを待った。

「ああ……、溶けてしまいそう……、自分でするよりずっと気持ちいい……」

彼女が息を弾ませながら、正直な感想を洩らした。

徐々に呼吸が整ってきたので、彼は里沙の手を握ってペニスに導いた。

するとと彼女も汗ばんで柔らかな手のひらにやんわりと包み込み、硬度や感触を確かめるようにニギニギしてくれた。

「ああ、気持ちいい……」

恭一は、生まれて初めて触れられながら快感に喘ぎ、里沙の手の中でヒクヒクと幹を上下させた。

「動いてるわ……、近くで見ていい……？」

里沙は言い、返事も待たずに身を起こして顔を移動させた。

仰向けになった恭一が大股開きになると、その真ん中に里沙が腹這い、股間に顔を迫らせてきた。

「すごいわ、こうなってるのね……」

里沙が言い、恭一は美少女の無垢な視線を受けて、それだけで果てそうになるのを懸命に堪《こら》えた。

彼女は幹を撫で、陰嚢《いんのう》を探って睾丸《こうがん》を確認すると、袋をつまみ上げて肛門の方まで覗き込んできた。そして再びペニスに戻り、張り詰めた亀頭もいじり、自分から口を寄せてきたのだ。

無垢とはいえ、恭一に匹敵するぐらい耳年増《みみどしま》になっているのだろう。

伸ばした舌で肉棒の裏側を舐め上げ、先端まで来ると幹にそっと指を添え、粘液の滲《にじ》む尿道口をチロチロと舐め回してくれた。

「あう……」

無垢な舌の刺激に彼は呻き、懸命に肛門を引き締めて暴発を堪えた。

美少女の口を汚すのも魅力だが、ここはやはり挿入し、互いに初体験をするべきだろう。

不味《まず》くなかったのか里沙はさらに舌を蠢かせ、張り詰めた亀頭を含んできた。

「ああ……、深く入れて……」

快感に任せて言うと、里沙も精いっぱい口を丸く開いてスッポリと呑み込み、熱い鼻息で恥毛をそよがせながら、幹を締め付けて吸った。

恐る恐る股間を見ると、美少女が上気して笑窪の浮かぶ頬をすぼめて無心に吸い付いている。

口の中ではクチュクチュと舌が滑らかに蠢き、たちまち彼自身は生温かく清らかな唾液にまみれて震えた。

「ンン……」

快感に任せて思わずズンズンと股間を突き上げると、

喉の奥を突かれた里沙が小さく呻き、さらにたっぷりと清らかな唾液を溢れさせてきた。そして彼女も小刻みに顔を上下させ、無垢な濡れた口でスポスポと摩擦してくれたのだ。

「い、いきそう、待って……」

急激に高まった恭一が口走ると、すぐに里沙もチュパッと軽やかな音を立てて口を離してくれた。

「跨《また》いで入れてもいい？」

里沙が言う。積極的に、最初から上になりたいようだ。まあ上の方が自由に動けるし、痛ければ自分で止められるだろう。

また、恭一は手ほどきを受けたい方だったから、女上位でも彼に否《いな》やはない。

「いいけど、コンドーム持っていないんだ……」

「大丈夫、お友達にピルもらって飲んでいるから」

言うと里沙が答え、身を起こして前進してきた。

もちろん避妊のためというよりも、生理のコントロールのために服用しているのだろう。

彼女は仰向けの恭一の股間に跨がり、自らの唾液に濡れた先端に割れ目を押し当ててきた。そして指で陰唇を広げて位置を定めると、息を詰めてゆっくりと腰を沈み込ませてきたのだった。

張り詰めた亀頭がズブリと潜り込むと、

「あう……！」

里沙は微かに眉をひそめて呻いたが、あとは重みとヌメリに任せて、ヌルヌルッと根元まで受け入れてしまった。

恭一の方も肉襞の摩擦と熱いほどの温《ぬく》もり、きつい締め付けと潤いに包まれながら懸命に肛門を引き締めて暴発を堪えた。

彼女も完全に座り込み、ピッタリと股間を密着させると、恭一の胸に両手を突っ張り、顔を仰け反らせてしばし硬直していた。

じっとしていても、膣内は異物を確認するような収縮がキュッキュッと続き、いよいよ彼は限界を迫らせていった。

「ああ、とうとう体験したわ……」

里沙が小さく言い、そのまま身を重ねてきた。

恭一が両手を回して抱き留めると、乳房が胸に押し付けられて心地よく弾んだ。

そしてネットの知識で、彼は両膝を立てて里沙の尻を支えた。

すると里沙が、上から顔を寄せ、ピッタリと唇を重ねてきたのである。

お互いのファーストキスは、相手の全てを舐めた最後というのも妙なものだった。

密着する美少女のぷっくりした唇は、グミ感覚の弾力があり、唾液の湿り気が心地よく伝わってきた。

たまには自分から積極的になろうと、彼は舌を挿《さ》し入れ、滑らかな歯並びを左右にたどった。

すると里沙も歯を開いて受け入れ、チロチロと舌が滑らかにからみついてきた。

5

「ンン……」

里沙が熱く呻き、鼻息が恭一の鼻腔を湿らせた。

美少女の舌は生温かな唾液に濡れて滑らかに蠢き、下向きのためトロトロと唾液が注がれてきた。

彼は小泡の多い唾液を味わい、うっとりと喉を潤しながら、無意識にズンズンと小刻みに股間を突き上げはじめていた。

「アアッ……！」

里沙が口を離して熱く喘いだ。湿り気ある吐息は濃厚な果実臭を含んで鼻腔を刺激し、それだけで恭一は果てそうになってしまった。

「痛い……？」

「ええ、少し……、でも大丈夫……」

気遣《きづか》って訊くと、里沙も健気《けなげ》に答えた。

そして彼はいったん動きはじめると、あまりの快感に突き上げが止まらなくなってしまった。すると里沙も、ぎこちないながら彼の突き上げに応えるように腰を動かしはじめたのだ。

しかも潤いが豊富だから、すぐにも互いの動きは滑らかになり、クチュクチュと湿った摩擦音が聞こえはじめた。次第に動きがリズミカルに一致すると、柔らかな恥毛が擦れ合い、コリコリする恥骨の膨らみまで伝わってきた。

恭一は彼女の顔を引き寄せ、喘ぐ口に鼻を押し込んで濃厚に甘酸っぱい吐息で胸を満たした。

「いい匂い……」

「本当？　昼食後の歯磨きもまだなのに……」

嗅ぎながら言うと、急に気になったように里沙が囁いた。さっきシャワーを浴びたら歯も磨こうと思っていたのだろう。

「この世で一番いい匂い。イチゴか桃を食べたあとみたいに」

恭一は言い、うっとりと匂いに酔いしれながら股間を突き上げ続けると、膣内の収縮と潤いが増してきた。溢れた蜜が陰嚢の脇を伝い流れ、肛門の方まで生温かく濡らした。

もう限界である。美少女の悩ましい吐息と肉襞の摩擦で、たちまち彼は昇り詰めてしまった。

「く……！」

恭一は大きな絶頂の快感に全身を貫かれながら呻き、熱い大量のザーメンをドクンドクンと勢いよくほとばしらせた。

母娘の下着の匂いで果てたときも、最高の快感と思ったが、今はその何十倍も気持ち良かった。

「あう、熱いわ……」

里沙が幹の震えと、奥深い部分に噴出を感じ取ったように言い、キュッキュッときつく締め上げてきた。

恭一は心ゆくまで快感を噛《か》み締め、最後の一滴まで出し尽くしていった。

すっかり満足しながら徐々に突き上げを弱めていくと、いつしか里沙も破瓜《はか》の痛みが麻痺したようにグッタリと硬直を解き、遠慮なく体重を預けてきた。

まだ快感には程遠いかも知れないが、少なくとも次からは痛みを克服していることだろう。

やがて完全に動きを止めても、まだ膣内は収縮を繰り返し、射精直後で過敏になった幹が中でヒクヒクと跳ね上がった。

「ああ、まだ動いてるわ……」

里沙が言い、彼は美少女の重みと温もりを受け止め、果実臭の吐息を胸いっぱいに嗅ぎながら、うっとりと快感の余韻に浸り込んでいったのだった。

処女と童貞でも、上手く初体験できたようだ。もっとも大部分は里沙が積極的に応じてくれたからなのだろう。

しばし溶けて混じり合ってしまうように重なっていたが、やがて呼吸を整えると、里沙がそろそろと身を起こして股間を引き離した。

恭一は枕元のティッシュを手にし、彼女の割れ目に当てて優しく拭いてやった。

ティッシュを見ると、逆流するザーメンにうっすらと血が混じっていたが、それはほんの少量で、すでに止まっているようだ。

「大丈夫？」

「ええ……」

仰向けのまま訊くと、里沙は答えながら移動し、満足げに萎《な》えかけているペニスに顔を寄せてきたのだ。

そして幹をつまみ、雫《しずく》を宿す先端に鼻を近づけた。

「これが精子の匂い？」

嗅いで言い、嫌ではないようにチロリと尿道口を舐めてくれた。

「あう……」

恭一はビクリと過敏に反応して呻いたが、里沙の様子から初体験を後悔せず、なお好奇心を持っていることに安心した。

「生臭いけど、味はないわね……」

里沙は言い、さらに亀頭にしゃぶり付いてチロチロと舌を這わせ、根元まで含んで吸ってくれた。

「ああ……」

恭一は快感に喘ぎ、すでに無反応期も過ぎているし、とびきりの美少女にしゃぶられているので、すぐにもムクムクと彼女の口の中で回復していった。

「すごいわ、すぐ大きくなってきた……。ね、出るところ見たいわ」

口を離して言い、返事も待たず彼の両脚を浮かせると、何と尻の谷間を舐めてくれたのだ。熱い鼻息で陰嚢をくすぐりながら、チロチロと肛門を舐め、自分がされたようにヌルッと潜り込ませてきた。

「く……」

彼は申し訳ないような快感に呻き、味わうようにモグモグと肛門で美少女の舌先を締め付けた。

里沙も厭《いと》わず中で舌を蠢かせてから、彼の脚を下ろし、鼻先にある陰嚢も舐め回してくれた。二つの睾丸を舌で転がし、生温かな唾液で袋全体を濡らすと、彼は意外な部分も感じることを初めて知る思いだった。

そして里沙が前進し、再びペニスを舐め上げはじめた頃には、すっかり彼自身も元の硬さと大きさを取り戻していた。

里沙は深々と呑み込んで吸い付き、舌をからめながら顔を上下させ、スポスポとリズミカルに摩擦してくれた。

「ああ、気持ちいい……」

恭一はすっかり高まりながら喘いだ。

もう一度挿入したいが、初体験で立て続けは酷《こく》だろうし、射精を見たいと言っているのだから、このまま我慢せず果てて構わないだろうと思った。

遠慮なく股間を突き上げると、たちまち彼は二度目の絶頂に達してしまった。

「い、いく……！」

快感に口走るなり、ありったけのザーメンを勢いよくほとばしらせると、美少女の口を汚すという禁断の思いも快感に拍車をかけた。

「ク……、ンン……」

喉の奥を直撃された里沙が驚いたように呻き、急いで口を離したが、なおも幹を指でしごいてくれていた。余りのザーメンがピュッと噴出し、里沙の可憐な鼻筋を濡らしてトロリと滴ったが、

「すごい勢い……」

彼女は気にしないように言い、射精の様子を近々と観察した。もちろん口に飛び込んだ濃厚な第一撃は、飲み込んでしまったようだ。

彼は、自分の生きた精子が美少女の胃で消化され、吸収されることに言いようのない悦びを感じた。

「アア……」

恭一は喘ぎながら、脈打たせるように最後の一滴まで絞り尽くしてしまった。

すると射精を見届けた里沙が、再びパクッと亀頭を含んで吸い付き、クチュクチュと舌で綺麗にしてくれたのだった。

「あうう……、も、もういい、有難う……」

彼は過敏に幹を震わせながら言い、降参するようにクネクネと腰をよじった。

すると里沙もようやく口と指を離し、ティッシュを取って濡れた指と顔を拭いた。

「飲んじゃったわ。気持ち良かった？」

「うん、すごく……」

顔を上げた里沙が無邪気に言い、すっかり脱力した恭一は身を投げ出したまま小さく答えた。

「じゃ私、シャワー浴びてくるね」

彼女は言ってベッドを下り、脱いだものを抱えて部屋を出て行った。

（ああ、妹のアソコと口に出してしまった……）

グッタリと力を抜きながら、部屋に一人残された恭一は思い、いつまでも去らない息遣いと動悸を繰り返した。

何やら昼寝して、夢でも見ていたような気になったが、鼻腔には里沙の匂いが、全身にも感触が残って、これが現実だったと物語っていた。

里沙が、一向に深刻そうにならないのが救いだったが、今の若い娘《こ》たちはこんなふうに好奇心から、あっけらかんと初体験をしているのだろうか。

ようやく呼吸を整えると彼は身を起こし、入れ替わりにシャワーを浴びようと部屋を出たのだった。

第二章　熱く悶える熟れ肌

1

（本当に、こんな美少女と初体験したんだな……）

夕食の時、恭一は差し向かいに座る義妹をチラと見て思った。

あれから里沙は、夕食の仕度をした。母娘は、どちらか先に帰った方が夕食を作る取り決めになっていたようだ。

帰宅した亜津子も、甲斐甲斐しく料理を運び、もちろん里沙は何事もなかったように母親に接している。

ドキドキしているのは恭一ばかりで、それは彼が小心なだけでなく、可憐な外見に似合わず、里沙が彼より大人の部分を多く持っているからかも知れない。そして女性とは、彼が思っている以上に強《したた》かなのだろう。

亜津子も、一人娘の処女が散らされたことなど夢にも思わず里沙と談笑していた。

恭一も何とか母娘と話を合わせてぎこちない笑みを浮かべ、やっとの思いで夕食を済ませて自室に戻った。

イラストもコラムも締め切りはまだ先だ。彼はネットをあれこれ見ていたが、やはり思うのは里沙の肉体ばかりである。

思い出しながら抜きたいところだが、彼は控えた。日に三度のノルマをクリアしたからというわけではなく、どうせ抜くなら明日、やはり母娘の下着を嗅ぎながら射精したいと思ったのだ。

母娘が在宅しているとき、夜に何度も脱衣所へ行くわけにもいかないし、それに今日のように、明日も何か良いことが待っているような気がしたのだった。

彼は、悶々として眠れないかとも思ったが、その夜はぐっすり眠ってしまった。

翌朝、恭一はちゃんと六時に起き、母娘と三人で朝食を囲んだ。自由業の割りに、早寝早起きが身に付いている。

やがて里沙が短大へ行き、亜津子も出ていった。

一人になると恭一は、ゆっくりトイレを使い、歯磨きをしてシャワーを浴びた。

そして部屋に戻って少しメールチェックをしてから、そろそろ抜こうかと脱衣所に行くと、さっきは気づかなかったが何と洗濯機が空で、洗濯物は外に干されているではないか。

（え……？）

ついでに窓から庭を見ると、車がない。亜津子は電車で仕事場のブティックに通っているが今日は車で行ったのだろうか。

と、そのとき思い出した。

（そうか、今日は定休日だって言っていたっけ……）

昨夜の夕食、そんな話をしていたが恭一は緊張でうっかりしていたのだ。

では亜津子は買い物に出ただけで、すぐに帰宅するのだろう。彼は、下着を漁っているところに帰ってこられなくて良かったと思った。

部屋に戻り、仕方なく早めにコラムの執筆に取りかかっていると、間もなく車の音がして亜津子が帰ってきた。

合い鍵《かぎ》を持っているので亜津子は玄関を開け、両手にスーパーの袋を抱えて入ってきたので、彼も急いで部屋を出て手伝った。

「有難う」

亜津子はほんのり甘い匂いを漂わせて言い、一緒にキッチンに行った。

買ったものを全て冷蔵庫に入れると、彼女はコーヒーを淹《い》れてくれた。彼も仕方なく、というより緊張しながらも内心胸を高鳴らせて差し向かいに座った。

亜津子は髪をアップにし、休日でもお洒落なブラウスとスカート姿だ。

そのブラウスの胸は、はち切れそうな膨らみを持っている。

「恭一さん、少しは慣れたかしら、私たちに」

コーヒーを飲みながら、亜津子が笑みを浮かべて訊いてきた。

「え、ええ、最初は緊張したけど、だんだんに……。亜津子さんは？」

恭一は、義母を名で呼んでいた。とてもお母さんとか、里沙のようにママとは言えず、ましておばさんと言うわけにいかない。

亜津子も、彼の呼び方をそのままにしてくれていた。

「今まではお店の狭い二階に二人で住んでいたので、広い家は夢のようだわ」

「そうですか。まだ片付けとか済んでいなかったら、何でも言って下さいね」

沈黙して見つめられると眩《まぶ》しいので、彼も何かと話題を振った。

「そう？　じゃお願いしようかしら。少しだけサイドボードの位置を変えたいので」

「ええ、分かりました」

恭一は答え、やがてコーヒーを飲み終えると彼は亜津子に呼ばれて夫婦の寝室に入った。何度も忍び込みたいと思った部屋に、彼は亜津子が引っ越してきてから初めて入ったのだ。

広い洋間には、セミダブルとシングルのベッドが並んでいる。父が使うセミの方はきちんと布団が掛けられて乱れておらず、亜津子の使うシングルの方は布団がめくれていた。

他に化粧台と作り付けのクローゼット、壁には液晶テレビが掛けられ、父が海外出張でいないので寝室内には亜津子だけの匂いが生ぬるく立ち籠めていた。

「これを、向こうの端まで動かしたいの」

亜津子は言い、サイドボードの上に乗った花瓶や写真立てをいったん外し、片方の端を摑《つか》んだ。

恭一も一緒に両側から摑んで動かしたが、下はカーペットなので非力な彼でも容易に滑らせて移動させることが出来た。

壁際まで動かしてから、今度は二人で並んで押し込んだが、肩を寄せ合うのでほんのり甘ったるい匂いを感じて股間が疼《うず》いてしまった。

「いいわ、これで充分」

亜津子が身を離して言い、また花瓶や写真立てを上に置いた。

「他に何かありますか」

「ええ、じゃもう一つだけお願い。誰にも内緒にしてほしいのだけど」

訊くと、亜津子が何やらモジモジと言った。

「何でしょう」

「実は、私はすごく男の子が欲しかったの。だから、ほんの少しだけでいいから思いっきりハグさせて」

色白の頬を、ほんのり染めて言うではないか。

「か、構いません、それぐらい。もう親子なんだから」

「本当？　嬉しいわ！」

恭一も胸を高鳴らせて答えると、亜津子は顔を輝かせた。

「じゃこっちへ来て寝て」

言いながら、彼女は恭一の肩を抱き寄せながら自分のベッドに横になったのだ。

（うわ、ハグって添い寝で……）

恭一は激しい興奮にぼうっとしながら、亜津子の横に身を横たえた。

するとと彼女は腕枕してくれ、ギュッときつく抱き締めてきたのだ。

「アア、可愛い……」

亜津子が感極まったように言い、彼の顔を胸に押し付けて髪を撫でてくれた。

恭一も、ブラウスの膨らみに顔を埋め、心地よい感触と甘ったるい匂いに包まれながら激しく勃起した。

腕枕だから、ほんのり湿った腋の下にも鼻を埋めると、さらに濃厚に熟れた体臭が鼻腔を刺激してきた。何しろ朝から洗濯し、買い物を終えて帰ってきたのだから、充分に汗ばんでいるのだろう。

しかし、まだ義母の意図が測りかねた。恭一は実際の年齢より若く見えるので、単に子供を可愛がりたいだけかも知れないのだ。

亜津子は一向に力を緩めず、熱く息を弾ませながら髪を撫で回していた。

目を上げると、すぐ近くに形良い唇があり、僅かに開いて綺麗な歯並びが覗いている。間から熱い息が洩れ、思わず嗅ぐと、白粉《おしろい》に似た甘い刺激が含まれて鼻腔が掻き乱された。

「ああ、いい匂い……」

うっとりと胸を満たし、思わず言うと、驚いたように亜津子がビクリとして、近々と彼の顔を覗き込んできた。

「まあ、汗臭かったかしら、ごめんね……」

そう言ったが、一向に力は緩めず抱きすくめたままだった。

そして亜津子は膝を曲げ、偶然のようにそっと彼の股間に触れて、確実に勃起を知ったようだ。

先に、思い切って彼はせがんでみた。

「ね、オッパイ吸いたい。脱ぐのはダメ……？」

自分でも驚くほど、欲望が正直に口に出せるようになっていた。これも昨日の里沙との体験のおかげかも知れない。

「少しだけなら……」

亜津子は答え、ようやく腕枕を解いて身を起こした。そして寝室のカーテンを閉めたが、薄暗くなっても隙間から午前の陽が射し、寝室内は充分に明るいので観察に支障はなさそうだ。

里沙も、連日で昼に帰宅するようなこともないだろう。

「私だけじゃ恥ずかしいので、恭一さんも脱ぐのよ」

亜津子がブラウスのボタンを外しながら言うので、彼も手早く服を脱ぎ、全裸になって先にベッドに横たわった。

あらためて、枕に沁み付いた亜津子の匂いが悩ましく鼻腔を満たし、その刺激がペニスに伝わってきた。

亜津子もためらいなくブラウスとスカートを脱ぎ去り、ブラとソックス、ショーツまで降ろしたので、やはり単に子供を可愛がりたいだけではなかったようだ。

体験への期待に、恭一は夢でも見ているようにぼうっとなり、ゾクゾクと激しく胸を震わせた。

昨日里沙としていなければ、今日、美熟女から念願の手ほどきをされたのだ。もちろん昨日の後悔などあるはずもなく、むしろそれがあったから彼も大胆になれたのだろう。

やがて一糸まとわぬ姿になった亜津子が向き直り、優雅な仕草で添い寝してきた。

2

「ああ、すごく大きい……」

再び腕枕されると、恭一は目の前で豊かに息づく巨乳を見て言った。

「いいわ、何でも好きなようにしてみなさい……」

亜津子は息を弾ませて言い、仰向けになった熟れ肌を投げ出してくれた。

豊満で滑らかな膨らみは抜けるように色白で、実際に薄紫の毛細血管も艶《なま》めかしく透けていた。乳輪はやや大きいが色素は里沙よりも淡く、乳首もツンと突き立っている。

恭一は吸い寄せられるようにチュッと吸い付き、舌で転がしながらもう片方の乳首を探ると、

「アア……」

すぐにも亜津子が熱く喘ぎ、クネクネと身悶えはじめた。

顔を膨らみに押し付けると、柔らかな感触が顔中を包み込んだ。

ほんのり汗ばんだ胸の谷間や、腋の方から濃厚に甘ったるい匂いが漂い、彼は美熟女の体臭にうっとりと酔いしれた。

充分に舐め回してから、もう片方の乳首も含むと、

「噛んで……」

亜津子が息を詰めて言った。ソフトな愛撫より、強い刺激の方が好きなのかも知れない。

恭一も前歯でコリコリと乳首を味わい、両の乳首を交互に味わった。

「ああ……、いい気持ち……」

亜津子は喘ぎながら言い、しきりに彼の髪を撫で回していた。

さらに恭一は、濃い匂いを求めて義母の腋の下に鼻を埋め込んで嗅いだ。

そこはジットリと生ぬるく湿り、やはり里沙よりも濃く、ミルクのように甘ったるい汗の匂いが鼻腔を満たした。

充分に嗅いでから白く滑らかな熟れ肌を舐め下り、昨日里沙にしたのと全く同じ愛撫で舌を這わせていった。

臍は四方から均等に肌が張っているように形良く、豊満な割りに腹部は引き締まっていた。

舌先で臍を探り、彼は豊かな腰のラインから脚を舐め下りていった。

やはりブティックの経営者だけにケアをし、エステにも通っていたのか太腿も脛《すね》もスベスベの舌触りだった。

そして里沙にもしたように足裏に回って舌を這わせ、形良く揃った指の股に鼻を割り込ませて嗅いだ。そこは汗と脂に湿り、蒸れた匂いが濃く沁み付いて悩ましく鼻腔が刺激された。

爪先にしゃぶり付き、桜貝のような爪を舐め、順々に指の間に舌を潜り込ませて味

わうと、

「あう！ そんなところ舐めなくていいのに……」

亜津子がビクリと反応して呻き、それでも拒まず好きなようにさせてくれた。

恭一も両の足指を存分に嗅いでしゃぶり、味と匂いを貪り尽くしてしまった。

やがて大股開きにさせ、脚の内側を舐め上げ、白くムッチリと量感ある内腿をたどって股間に迫っていった。

見ると、ふっくらした丘には黒々と艶《つや》のある恥毛が煙り、茂みの下の方は溢れる愛液が雫を宿していた。

里沙が濡れやすかったのは、母親譲りだったのだろう。

肉づきの良い割れ目は丸みを帯び、ピンクの花びらがはみ出していた。

そっと指を当てて左右に広げようとすると、愛液でヌルッと滑ったので、やや奥に当て直して開いた。

中も綺麗なピンクの柔肉で、かつて里沙が産まれ出てきた膣口からは白っぽく濁った本気汁まで滲んでいた。

尿道口もはっきり分かり、包皮を押し上げるように突き立ったクリトリスは、小指の先ぐらいの大きさがあった。

「アア、そんなに見ないで……」

彼の視線と息を感じ、亜津子が喘ぐと柔肉が妖《あや》しく蠢いた。

もう我慢できずに顔を埋め込み、柔らかな恥毛に鼻を擦りつけて嗅ぐと、腋に似た甘ったるい汗の匂いが蒸れて籠もり、それにほんのりオシッコの匂いも混じって鼻腔を刺激してきた。

「いい匂い」

「あう、嘘よ、シャワーも浴びていないのに……」

嗅ぎながらうっとり酔いしれて言うと、亜津子が呻き、キュッときつく内腿で彼の顔を挟み付けてきた。

ここでシャワーを思い出したということは、やはり最初は着衣のハグで満足するはずだったのだろう。それがこういう流れになり、もちろん亜津子も望んでいたようだが、ときおり見せる女らしい羞恥が艶めかしかった。

恭一は豊満な腰を抱え、舌を挿し入れていった。

ヌメリは淡い酸味を含み、すぐにも舌の動きをヌラヌラと滑らかにさせた。

恭一が膣口の襞をクチュクチュと掻き回し、ゆっくりクリトリスまで舐め上げていくと、

「アアッ……！」

亜津子が熱く喘ぎ、ビクッと顔を仰け反らせた。

チロチロと舌先で弾《はじ》くようにクリトリスを刺激すると、

「そ、そこも噛んで……」

彼女が言うので、恭一はそっと前歯で突起を挟み、コリコリと噛んでやった。

「あう、いいわ、すごく気持ちいい……！」

亜津子は白い下腹をヒクヒク波打たせて言い、さらに愛液の量を増していった。

恭一はいったん口を離し、彼女の両脚を浮かせて白い逆ハート型の尻に迫った。

谷間の可憐な蕾に鼻を埋め込み、蒸れた匂いを貪ると、顔中に豊満な双丘が心地よく密着した。

嗅いでから舌を這わせ、充分に濡らしてからヌルッと潜り込ませると、

「あう、嘘……！」

亜津子が呻き、キュッと肛門で舌先を締め付けてきた。あるいはここを舐められるのは初めてなのかも知れない。かつての亡夫は役所勤めと聞いているので、堅物で淡泊なタイプだったのだろうか。

滑らかな粘膜を探ると、淡く甘苦い味わいが感じられた。

舌を出し入れさせるように動かすと、鼻先にある割れ目からはさらに大量の愛液が泉のようにトロトロと漏《も》れてきた。

ようやく脚を下ろし、ヌメリを舐め取りながら再びクリトリスに吸い付くと、

「お、お願い、入れて……！」

亜津子が声を上ずらせてせがんできた。

恭一も、どうせ続けて出来るだろうからと、すぐ身を起こして股間を進めた。

人生初の正常位である。

彼は急角度にそそり立った幹に指を添え、下向きにさせて先端を割れ目に押し当てた。潤いを与えるように擦りつけながら位置を探ると、いきなり落とし穴に嵌《は》まり込むように、張り詰めた亀頭がヌルッと潜り込んだ。

「あう、そこよ、奥まで来て……」

亜津子が呻き、彼も潤いに任せてヌルヌルッと根元まで押し込んでいった。

滑らかな肉襞の摩擦が何とも心地よく、挿入だけですぐにも漏らしそうになるのを恭一は懸命に堪えて股間を密着させた。

中は熱く濡れ、膣口の締め付けは何やら里沙に匹敵するほどきつく心地よかった。

すると亜津子が両手を伸ばし、恭一を抱き寄せてきたので、彼も抜けないようそろ

そろと両脚を伸ばして身を重ねていった。

胸の下で押し潰れた巨乳が弾み、熟れ肌の前面が密着してきた。

股間を押しつけたまま動かさなくても、膣内は若いペニスを味わうようにキュッキュッと収縮し、彼自身も応えるように幹を上下させた。

「キスして……」

亜津子が下から、薄目で彼を見上げて言った。

恭一も上から唇を重ねてゆき、またしてもキスが最後になってしまった。

美熟女の唇が密着すると、彼は感触を味わい、彼女の熱い鼻息で鼻腔を湿らせながら舌を挿し入れていった。

綺麗に揃った歯並びを舐めると、すぐ彼女も開いて舌をからめてきた。

生温かな唾液に濡れた舌を滑らかに蠢めかすと、亜津子は自分からズンズンと股間を突き上げはじめた。

合わせて彼もぎこちなく腰を突き動かしはじめると、

「アアッ……！」

彼女が口を離し、淫らに唾液の糸を引いて熱く喘いだ。

白粉臭の刺激を含んだ吐息に悩ましく鼻腔を掻き回され、恭一は快感に任せてピストン運動を強め、いつしか股間をぶつけるように律動した。

すると膣内の収縮と潤いが格段に増し、亜津子は彼を乗せたままブリッジするようにガクガクと腰を跳ね上げはじめたのだ。

もう我慢できず、恭一は激しい絶頂の快感に全身を貫かれてしまった。

「く……！」

呻きながら、熱い大量のザーメンをドクンドクンと勢いよくほとばしらせると、噴出を感じた途端に彼女もオルガスムスのスイッチが入ったようだった。

3

「い、いい気持ち……、アアーッ……！」

亜津子は声を上げ、狂おしく身悶えて恭一の背に爪まで立ててきた。

彼は大人の女性の凄まじい絶頂に圧倒されながらも、心ゆくまで快感を噛み締め、最後の一滴まで出し尽くしていった。

これで昨日に続き、母娘の両方、しかも義母と義妹と交わってしまったのだった。

「ああ……」

すっかり満足した恭一は声を洩らし、徐々に動きを弱めながら力を抜いて彼女に体重を預けていった。

「ああ、すごい……、こんなに良いなんて……」

亜津子も息を弾ませて言いながら、熟れ肌の強ばりを解いてグッタリと身を投げ出していった。

まだ膣内は名残惜しげにキュッキュッと収縮し、まるで貪欲にザーメンを吸収しているようだった。その刺激に、幹がヒクヒクと過敏に中で跳ね上がると、

「あう、もう暴れないで……」

彼女も敏感になっているように言い、幹の震えを押さえつけるようにキュッときつく締め付けてきた。

恭一は弾力ある豊満な熟れ肌にもたれかかり、熱く甘い吐息を間近に嗅いで鼻腔を刺激されながら、うっとりと快感の余韻に浸り込んでいった。

「とうとうしちゃったわ……」

亜津子が彼の髪を撫で、呼吸を整えながら言った。

「本当は何もせず、普通に親子になろうと思っていたのだけど、どうにも可愛くて我慢が出来なくて……」

亜津子が言うたび、体験したことを確認するように膣内を締め付けた。して見ると彼女は、かなり多情な性を持っていて、また里沙もそれを受け継いでいるのかも知れない。

そして恭一は熟れ肌に体重を預けて呼吸を整え、義母のかぐわしい吐息を嗅いでいるうち、徐々に膣内で回復しはじめてしまった。

「あう、まだ出来るの……？」

亜津子が驚き、僅かに顔を輝かせたようなので、やはりまだまだ彼女も欲望がくすぶっているようだった。

恭一は温もりと締め付けの中でムクムクと勃起し、再び腰を突き動かしはじめると、摩擦快感でたちまち元の硬さと大きさを取り戻してしまった。

「アア……、いいわ、もっと突いて……」

亜津子も再び火が点いたように息を弾ませ、収縮を強めながらズンズンと股間を突き上げはじめていった。

まさか恭一も、自分の人生で抜かずの二発目が出来るなど思ってもいなかったので嬉々として腰を動かした。何しろ憧れの美熟女だし、処女だった里沙と違って動きにも遠慮が要らないのだ。

するといきなり亜津子が突き上げを止めて言った。

「ね、お尻に入れてくれる？」

「え……、大丈夫かな……」

「前から一度してみたかったの。嫌でなければ試してみて」

言われて、恭一も急激に好奇心を抱いた。

昨日からの里沙との体験を合わせると、女上位に正常位に口内発射をし、そのうえアナルセックスまで体験できるとなると夢のようだった。

「ええ、じゃ無理だったら言って下さいね」

恭一は言って身を起こし、いったんヌルッとペニスを引き抜いた。

亜津子も両脚を浮かせ、自ら抱え込んで白く豊満な尻を突き出してきた。

見ると、可憐なピンクの蕾は、割れ目から伝い流れる愛液にヌメヌメと妖しく潤っていた。

彼は愛液とザーメンにまみれた先端を蕾に押し付け、呼吸を計った。

してみたかったと言うからには亜津子も初体験で、この熟れ肌に残った最後の処女をくれるというのである。

彼女も口呼吸をし、懸命に括約筋《かつやくきん》を緩めているようだ。

やがて恭一は息を詰め、グイッと押し込んでいった。

タイミングが良かったのか、張り詰めた亀頭が滑らかに潜り込むと可憐な蕾が丸く押し広がった。

「あう、いいわ、奥まで来て……」

亜津子が違和感に呻きながら言うと、彼もヌメリに任せてズブズブと根元まで挿入してしまった。

さすがに入り口はきついが、中は案外楽で、思っていたほどのベタつきもなく、むしろ滑らかな感触だった。

股間を密着させると、豊かな尻の丸みが心地よく密着してきた。

恭一は膣とは異なる感覚を味わいながら、内部でヒクヒクと幹を震わせた。

「アア……、構わないから強く動いて……」

亜津子が言い、自ら巨乳を揉みしだいて乳首をつまみ、もう片方の手を空いた割れ目に這い回らせた。

愛液に濡れた指の腹がクリトリスを擦るたび、クチュクチュと湿った摩擦音が聞こえ、このようにオナニーするのかと彼の興奮が高まった。

括約筋の緩急にも慣れてきたのか、動きも次第にリズミカルで滑らかになっていくと、急激に絶頂が迫ってきた。

長く保たせた方が良いのだろうかと思ったとき、

「い、いく……、アアーッ……！」

たちまち亜津子が声を上げ、ガクガクと狂おしいオルガスムスの痙攣を開始したのだ。連動するように、膣内と同じように直腸内も悩ましい収縮が繰り返され、彼も堪らず昇り詰めてしまった。

「く……！」

快感に呻きながら、ドクンドクンと熱いザーメンを勢いよく注入すると、

「あう、感じるわ、もっと出して……！」

亜津子が噴出を受け止めて言い、彼も快感とともに心置きなく最後の一滴まで出し尽くしていった。

中に満ちるザーメンで、さらに動きがヌラヌラと滑らかになり、彼はすっかり満足しながら徐々に動きを弱めていった。

やがて彼が完全に動きを止めると、亜津子も乳首と割れ目から指を離して身を投げ出し、荒い息遣いを繰り返した。

もちろん彼女はアナルセックスの初体験の快感や興奮ばかりでなく、自らのオナニ

ーによる絶頂が大きいのだろう。

恭一は余韻の中で、引き抜こうとすると、ヌメリと締め付けで自然にペニスが押し出されてきた。やがてツルッと抜け落ちると、丸く開いた肛門が一瞬粘膜を覗かせたが、見る見るつぼまって元の可憐な形に戻っていった。

何やら美女に排泄されたような興奮が湧き、もちろんペニスに汚れの付着などは認められなかった。

「早く洗った方がいいわね。バスルームへ行きましょう」

亜津子が言って身を起こし、恭一も一緒にベッドを下りた。

部屋を出て全裸のままバスルームに入ると、彼女がシャワーの湯を出し、ボディソープで甲斐甲斐しくペニスを洗ってくれた。

そして湯でシャボンを洗い流すと、

「オシッコを出しなさい」

言われて、恭一も回復を堪えながら懸命にチョロチョロと放尿をして中も洗い流した。出し終えるともう一度湯を浴びせ、亜津子は屈み込んで消毒するようにチロリと尿道口を舐めてくれた。

「あう……」

その刺激に呻き、たちまち彼自身はムクムクと鎌首《かまくび》を持ち上げはじめてしまった。

「まあ、まだ出来るの？　さすがに若いのね。私はもう充分よ。またしたら動けなくなってしまうから」

亜津子は言い、シャワーの湯で股間の前後を洗い流した。

「じゃお口で良ければしてあげるわ」

「そ、その前に、亜津子さんもオシッコ出してみて」

「そんなところ見たいの？」

「うん、こうして」

恭一は言ってバスマットに座り、目の前に亜津子を立たせた。そして片方の足を浮かせてバスタブのふちに乗せ、開いた股間に顔を埋めた。

濡れた恥毛に鼻を擦りつけて嗅いだが、残念ながら濃厚だった女臭は薄れてしまったが、舐め回すと新たな愛液に舌の動きが滑らかになった。

「アア……、顔にかけていいの……？」

亜津子がガクガクと膝を震わせて言い、彼は返事の代わりにクリトリスに吸い付いた。どうやら応じてくれるらしく、彼女は息を詰めて下腹に力を入れ、尿意を高めはじめてくれたようだ。

すると、舐めているうち割れ目内部の柔肉が迫《せ》り出すように盛り上がり、味わいと温もりが変化してきた。

「出るわ、いいのね……、アア……」

亜津子が言うなり、熱い流れがチョロチョロとほとばしってきた。

口に受けて味わうと、味も匂いも淡く上品で、薄めた桜湯のように抵抗なく喉に流し込むことが出来たのだった。

4

「アア……、飲んでるの……?」

亜津子が声を震わせたが、いったん放たれた流れは止めようもなく勢いを増して恭一の口に注がれた。口から溢れた分が胸から腹に温かく伝い流れ、完全に回復したペニスが心地よく浸された。

あまり溜まっていなかったか、流れは急に勢いを衰えさせ、間もなく治まってしまった。

恭一は残り香の中で余りの雫をすすり、割れ目内部を舐め回した。

「あうう、もうダメ……」

亜津子が言って足を下ろすと、そのまま力尽きたようにクタクタと椅子に座り込んでしまった。

彼は勃起したペニスを突き出すように、バスマットに仰向けになった。洗い場は広いので、充分に横たわることが出来る。

「すごい、勃《た》ってるわ……」

「ね、足でいじって……」

彼女がペニスに目を遣《や》って言ったので、恭一は甘えるように言って幹を震わせた。

「こう……？」

亜津子は椅子に座ったまま足を伸ばしてペニスをいじり、クリクリと踏みつけてから、両の足裏で幹を挟んで動かしてくれた。

「ああ、気持ちいい……」

恭一は、指での愛撫とは違う感触にゾクゾクと興奮を高めた。

「オッパイにも挟んで……」

正直に言えるようになって口にすると、すぐに亜津子も屈み込み、巨乳をペニスに擦り付け、谷間に挟んで揉んでくれた。

肌の温もりと巨乳の柔らかさの中で揉みくちゃにされ、彼はクネクネと身悶えながら絶頂を迫らせていった。

「ね、添い寝して」

言うと亜津子もすぐに横になり、また腕枕してくれた。

恭一は指でいじってもらいながら唇を重ね、ネットリと舌をからめた。

「唾《つば》を出して、いっぱい……」

せがむと、亜津子もたっぷりと唾液を分泌させ、口移しにトロトロと注ぎ込んでくれた。恭一は味わい、うっとりと喉を潤して甘美な悦びで胸を満たした。

「顔中ヌルヌルにして……」

さらに言うと、亜津子もニギニギとペニスを弄《もてあそ》びながら彼の頬や鼻の穴を舐め回してくれた。舐めるというより垂らした唾液を舌で塗り付ける感じで、たちまち顔中が美熟女の唾液でヌルヌルにまみれた。

彼女も、バスルームですぐ洗えるからと、大胆に唾液を出してくれたようだ。

恭一は亜津子の唾液と吐息の匂いに酔いしれ、彼女の手の中でヒクヒクと幹を震わせた。

「いきそう……」

「じゃお口でしてあげるので、いっぱい飲ませてね」

彼が言うと、亜津子も身を起こして答え、ペニスに顔を寄せていった。

恭一は彼女の下半身を引き寄せて顔に跨がってもらい、女上位のシックスナインの体勢になった。

亜津子は張り詰めた亀頭をしゃぶり、スッポリと喉の奥まで呑み込んで吸い付き、舌をからめながら熱い鼻息で陰嚢をくすぐってくれた。

恭一も、彼女の腰を抱き寄せ、艶めかしく熟れた割れ目と肛門を見上げ、顔を上げて舌を這わせた。

そして唾液に濡れた肛門に人差し指を潜り込ませると、まだ奥にはザーメンが残っているのか、指は滑らかに根元まで入っていった。

さらに親指を膣口に差し入れ、二本の指で間の肉を摘《つま》むと、何やら柔らかなボーリングの球でも握っているようだった。

さらに舌をクリトリスに這い回らせると、

「ンンッ……」

亜津子が呻き、強く吸い付きながらスポンと口を離した。

「ダメ、集中できないわ……」

言うので、彼も舌を引っ込め、前後の穴からヌルッと指を引き離した。

「うん、じゃ見るだけにするね」

彼が言うと、亜津子も再び含んでくれたが、真下から見られる羞恥に豊満な腰がくねり、溢れる愛液がツツーッと糸を引いて滴ってきた。

肛門に入っていた指を嗅いだが、淡いザーメンの匂いしかしなかった。

視線を感じているだけで割れ目内部の柔肉が艶めかしく蠢き、たっぷりと新たな愛液が漏れてきた。

恭一がズンズンと小刻みに股間を突き上げると、亜津子も顔を上下させ、唾液に濡れた口でスポスポとリズミカルな摩擦を繰り返してくれた。

摩擦だけでなく吸引と舌の蠢きも続き、さらに指先がサワサワと陰嚢をくすぐってくれた。

「ああ、気持ちいい、いく……！」

たちまち彼は昇り詰め、三度目とも思えない快感に包まれた。

ドクンドクンとありったけの熱いザーメンが勢いよくほとばしると、

「ク……、ンン……」

喉の奥に噴出を受けた亜津子が小さく呻き、なおも強烈な摩擦を続行してくれた。

恭一は腰をよじりながら快感を味わい、最後の一滴まで義母の口に出し尽くしてしまった。

「ああ……」

満足しながら声を洩らし、グッタリと身を投げ出すと、亜津子も摩擦を止め、亀頭を含んだまま口に溜まったザーメンをゴクリと一息に飲み干してくれた。

「あう」

締まる口腔に駄目押しの快感を得た恭一が呻くと、ようやく亜津子も口を離してくれた。なおも幹を指でしごき、尿道口から滲む余りの雫までチロチロと舐め取ってくれると、

「も、もういいです、有難う……」

恭一はクネクネと身悶えながら言い、ヒクヒクと過敏に幹を震わせた。

亜津子も舌を引っ込め、身を起こして椅子に戻った。

「三度目なのにすごく出たわ。それに若いから濃い味」

彼女がヌラリと淫らに舌なめずりして言い、シャワーの湯を出した。

ようやく余韻から覚めた恭一も、呼吸を整えながら身を起こし、一緒にシャワーを浴びた。

「ね、これからもしてくれる……？」

「もちろんよ、私からもお願い。里沙のいないときならいつでも」

彼が訊くと亜津子もそう答え、やがて二人は身体を拭いて部屋に戻り、身繕《みづくろ》いをしたのだった。

（続けて三回もしたんだ。しかも口とアソコと肛門の三箇所に……）

部屋に戻った恭一は感激の中で思い、しばしベッドに横になって休息した。

眠りたかったが、間もなく彼は昼食に呼ばれた。

差し向かいで食事をしたが、もちろん亜津子は何事もなかったかのように雑談をして、恭一ばかり意識して味も分からなかったものだった。

午後は、亜津子はリビングのテーブルでブティックの事務仕事をするというので、恭一も自室に入って仕事にかかった。

するとメールが入っていて、新たな仕事の依頼が来ていた。担当が明日の昼過ぎに訪ねて来たいというので、彼もＯＫの返信をした。

そして少し昼寝をしてから起きると、里沙は割りに早く帰宅してきた。

彼は夕方まで仕事をし、やがて夕食に呼ばれて三人で食事をした。

恭一はアルコールを飲む習慣がなく、合わせて遠慮しているのか亜津子も特に飲むことはなかった。

（この母娘の両方としたんだなあ……）

あらためて彼は思い、今後長く暮らすうち、それぞれにばれないように出来るだろうかと少し不安になったのだった。

食事を終えるとリビングで少しテレビを観てから、恭一は自室に戻った。

亜津子も洗い物を終えると、早めに戸締まりをして寝室に入って、里沙も自分の部屋に入ったようだ。

恭一は、午後少し寝たので眠くなく、明日から新たな仕事も入るので、締め切りは先だが少しでも進めておこうと思った。

そして一段落すると、軽くノックの音がして、パジャマ姿の里沙が入って来たのである。

可憐な美少女を見ると、彼は急激に勃起してきた。

何しろ今日の射精ノルマの三回は済んでいるが、全て午前中のことだ。しかも午後に少し眠ったので、心身ともに完全に回復している。

里沙も、あえて亜津子が在宅しているときに冒険したくなったようで、つぶらな目をキラキラさせていた。

5

「ね、今日お友達に、私が恭兄ちゃんとエッチしたこと話しちゃった」

ここから亜津子の寝室までは遠いのだが、里沙は声を潜めて恭一に言った。

「そう、どうだった？」

「すっごく羨《うらや》ましがっていたわ。割れ目だけじゃなく、足の指からお尻の穴まで舐めてもらったこと、しかもシャワーも浴びていないのに」

里沙が言いながらベッドに座ったので、彼も隣に腰を下ろした。

「今もしていい？」

「ええ……」

言うと、彼女もその気で来たように答え、すぐにもパジャマの上下と下着を脱ぎ去ってしまった。

恭一も、手早く全裸になっていった。

亜津子も、今日したばかりなのだから夜に忍んでくるようなことはないだろう。

そうは思いつつ、母親が在宅しているときに娘とするのは実にスリルがあった。

それにしても、同じ日に母と娘の両方と交わるとは、自分の女性運も急激に上がったものだと彼は思った。

里沙も一糸まとわぬ姿になり、ベッドに仰向けになった。

恭一は足の裏に屈み込み、舌を這わせながら爪先に鼻を割り込ませて嗅いだが、シャワーを浴びてしまったので蒸れた匂いは感じられなかった。

連日風呂を沸かすわけではないが、母娘は毎日シャワーは浴びている。

それでも彼は爪先をしゃぶり、両足とも全ての指の股に舌を潜り込ませた。

「ああ、くすぐったくて気持ちいい……」

すぐにも里沙がクネクネと身悶えて喘いだ。

そして彼は里沙を大股開きにさせ、ムチムチと健康的な張りを持つ脚の内側を舐め上げていった。

彼女も、今は短大で何のサークルにも入っていないようだが、中高生の頃はテニス部に所属していたらしい。

白くムッチリとした内腿を舐め上げ、処女を喪《うしな》ったばかりの股間に顔を迫らせていくと、匂いは薄いが熱気と湿り気が感じられた。

可憐な割れ目を指で広げると、ピンクの柔肉はすでに期待と興奮でヌラヌラと清らかな蜜に潤っていた。

楚々とした若草の丘に鼻を埋めて嗅ぐと、やはり湯上がりの匂いしかしなかった。

「何も匂わない……」

「嫌？　臭い方が好きなの？」

「女の子に臭い匂いはないからね。ただ自然のままのナマの匂いが好きなんだ」

「そう、ごめんね……、じゃ今度はシャワーを浴びる前に来るわね」

「謝らなくてもいいよ」

彼は股間から答え、割れ目に舌を挿し入れていった。

淡い酸味のヌメリが舌の動きを滑らかにさせ、彼は膣口からクリトリスまで舐め上げていった。

「アアッ……、いい気持ち……」

里沙がビクッと顔を仰け反らせて喘ぎ、内腿で彼の顔を挟み付けてきた。

恭一は腰を抱え、チロチロと執拗にクリトリスを舐めては、泉のように溢れてくる蜜をすすった。

さらに両脚を浮かせ、オシメでも替えるような格好にさせて尻に迫り、谷間にひっそり閉じられた薄桃色の蕾に鼻を埋め、微かに蒸れた匂いを貪ってから舌を這わせ、ヌルッと潜り込ませた。

「あう……」

里沙が呻き、キュッと肛門で舌先を締め付けた。

恭一は滑らかな粘膜を探りながら、いずれ里沙のアヌス処女も頂きたいものだと思った。

そして充分に内部で舌を蠢かせてから脚を下ろし、再び割れ目に戻ってヌメリを舐め取り、クリトリスに吸い付いた。

「ああ……、私も、おしゃぶりしたいわ……」

里沙が喘いで言うので、彼も身を起こして前進し、美少女の胸に跨がった。前屈みになって股間を突き出すと、里沙は自分から幹に指を添え、パクッと器用にしゃぶり付いてきた。

恭一は快感に幹を震わせながら、深々と押し込んだ。

「ンン……」

里沙が僅かに眉をひそめて呻き、それでも幹を締め付けて吸い、熱い鼻息で恥毛をくすぐりながら内部でクチュクチュと舌を蠢かせてくれた。

「ああ、気持ちいい……」

恭一は快感に高まって喘ぎ、何度かズンズンと彼女の口で摩擦して唾液にまみれさせた。やがて里沙が口を離すと、

「入れて……」

仰向けのまま言うので、今日は正常位が望みらしい。

彼も移動して里沙の股を開かせ、股間を進めた。唾液に濡れた先端を割れ目に擦り付け、位置を定めてゆっくり挿入していくと、張り詰めた亀頭が潜り込み、あとは滑らかにヌルヌルッと根元まで吸い込まれていった。

「く……」

里沙が呻き、恭一は股間を密着させて身を重ねた。

まだ動かず、膣内の温もりと感触を味わいながら屈み込み、両の乳首を交互に含んで舐め回した。

「ああ……」

里沙が喘ぎ、下から両手を回してしがみついてきた。

さすがに亜津子の娘だけあり、もう挿入の痛みなどより、男と一つになった充足感の方が大きいようだ。

両の乳首と膨らみの感触を存分に味わってから、彼女の腋の下に鼻を埋めたが、や

はり無臭で、ほのかに蒸れた熱気が感じられただけだった。

恭一は彼女の肩に腕を回して肌の前面を密着させ、上からピッタリと唇を重ねていった。

「ンン……」

里沙も熱く鼻を鳴らし、息で彼の鼻腔を湿らせながらチロチロと舌をからめてくれた。滑らかに蠢く美少女の舌と唾液のヌメリを味わいながら、彼は徐々に腰を突き動かしはじめると、

「ああ……、奥が、熱いわ……」

里沙が口を離して仰け反り、熱く喘ぎながら膣内を収縮させた。

開いた口に鼻を押し込んで熱気を嗅ぐと、淡く甘酸っぱい果実臭に、ほんのり歯磨き粉のハッカ臭が混じって鼻腔を刺激した。

やはり淡い匂いは物足りないが、それでも美少女の吐息で胸をいっぱいに満たすのは格別な快感である。

腰を動かし続けると、溢れる愛液で律動が滑らかになり、次第に彼女もズンズンと股間を突き上げはじめてきた。

やはり成長が早く、膣感覚の悦びに目覚めはじめているようだ。

クチュクチュと摩擦音が聞こえてきて、彼は危うくなると動きを弱め、緩急を付けて動き続けた。自分で動きのリズムの主導権が握れるのが、正常位の良いところだと実感したものだ。

「ベロを出して」

囁くと、里沙も素直にチロリと赤い舌を伸ばしてくれた。

彼は美少女の舌を舐め回し、鼻の穴も擦り付けて、吐息と唾液の匂いに高まっていった。

「噛んで……」

さらに彼がせがみ、唇や頰を口に押し付けると、里沙も綺麗な歯並びでキュッキュッと甘美な刺激を与えてくれた。

「ああ、気持ちいい、いきそう……」

「いいわ、いって……」

恭一が絶頂を迫らせて言うと、里沙も答えて収縮を強めてきた。

彼は気遣いも忘れ、いつしか股間をぶつけるように動きながら、肉襞の摩擦と美少女の唾液と吐息に昇り詰めてしまった。

「く……！」

突き上がる大きな快感に短く呻き、彼はありったけの熱いザーメンをドクンドクンと中にほとばしらせた。

「アア……、お兄ちゃん……！」

噴出を感じたように里沙が口走り、激しくしがみつきながら膣内を締め付けた。

恭一は快感を味わいながら、心置きなく最後の一滴まで義妹の中に出し尽くしていった。

「ああ……」

満足しながら声を洩らし、徐々に動きを弱めてもたれかかっていくと、彼女も両手を離してグッタリと身を投げ出していた。

まだ膣内がキュッキュッと締まり、彼は内部でペニスを過敏にヒクヒク震わせながら、美少女の甘酸っぱい吐息で鼻腔を満たし、うっとりと快感の余韻を味わったのだった。

重なったまま呼吸を整えると、ようやく恭一はノロノロと身を起こし、枕元のティッシュを手にしながら股間を引き離した。割れ目を拭《ぬぐ》ってやると、もう出血はないようだ。

彼はペニスも手早く拭いて、再び添い寝していった。

もうシャワーは良いだろう。バスルームへ行くと音で亜津子に気づかれてもいけないので、里沙も恐らくビデで処理するだけに違いない。

「何だか、昨日よりすごく気持ち良くなっているわ……」

里沙が日々成長するように言い、やがて身を起こしてベッドを下りると、下着とパジャマを着けた。

「じゃ寝るわね。おやすみ」

「ああ、おやすみ」

彼が横になったまま答えると、里沙は静かに部屋を出て行ったのだった。

第三章　メガネ美女の淫欲

1

「お久しぶり。相変わらずすごいお屋敷ね」

昼過ぎ、担当の女性編集者が来て恭一に言った。

「ええ、浅野《あさの》さんもお元気そうで何よりです」

彼も答え、久々に会った雑誌の担当者である浅野裕美子《ゆみこ》に言った。

どうせ誰もいないので、自室でなくリビングのソファをすすめた。茶を出さなくても、裕美子は自分でペットボトルを持ち込んでいる。

彼女は二十九歳になるメガネ美女で、見た目はバリバリのキャリアウーマンだが、すでに人妻の子持ちである。半年前に会ったときは大きなおなかをしていたが、今は産休を終えて雑誌編集の仕事に復帰したらしい。

前にもこの家に来て打ち合わせをし、恭一は彼女が帰ったあと妊婦の面影でオナニーしたものだった。

すると半年ぶりの裕美子は、小首を傾げて彼を見た。

「あら？　シッカリと相手の目を見て話せるようになったのね。前は無口で俯《うつむ》いてばかりだったけど」

「ええ、父が再婚したので、いきなり新しい母と妹と同居するようになったものですから」

「まあ、そうなの。じゃ女性と話すのも慣れてきたわけね」

裕美子は言い、バッグから小説原稿のコピーを出した。

「それで、早速だけど新しい仕事の話をするわ。官能小説の挿絵なの。今回は単発だけど評判が良ければ今後もお願いしたいの。大丈夫？」

「か、官能ですか。じゃヌードとか濡れ場とか……」

恭一は驚いて答えた。

「そうよ。新境地を拓《ひら》いて」

「ヌードなんか、描いたことないからなあ……」

「美大で裸婦デッサンぐらいしているでしょう」

「僕は中退なので、いくらもしていないです」

「そんな頼りないこと言わないで。格段に仕事が増えるし、新聞や週刊誌からだって依頼が舞い込むわよ」

「ええ……」

恭一は、勝ち気そうなセミロングのメガネ美女から視線を落として自分の茶をすすった。

「まず、モデルを確保して描いてみれば要領が分かるかも……」

恭一は言った。

「じゃ義理の母親か妹に頼むとか」

「そ、そんなの、無理に決まってるじゃないですか」

「それもそうね。じゃ私でいいなら」

「え……？」

言われて、恭一は驚いて顔を上げた。

「出産してから体の線は多少崩れたけど、体重にも気をつけてるのでまだまだいけるはずだわ」

しまった。

「そ、それは、浅野さんは綺麗だから、お願いできれば嬉しいけど……」

恭一は、モヤモヤしながら目の前にいる裕美子の裸像を想像して股間を熱くさせて

亜津子ほどではないにしろ乳房はそれなりの張りと大きさを持っているし、腰のラインもなかなかに艶めかしく、グラビアのモデルだって務まりそうである。

「まあ、そんなお世辞も言えるようになったの」

「い、いえ、本当の気持ちですので……」

「じゃ、冗談じゃなく私を描いてみる？　もちろん誰にも内緒で。実は急ぎなの。明日の昼までには何枚かのラフを送って欲しいのよ」

「ええ、夕方まで僕一人なので、では、よければ僕の部屋で」

恭一が言い、原稿コピーを持って腰を上げると、裕美子もすぐ立ち上がった。

どうやら本気で脱いでくれるらしい。

気が急《せ》く思いで自室に招くと、裕美子もすぐに上着を脱いでブラウスのボタンを外し、ためらいなく脱ぎはじめていった。

復帰して最初の仕事だから熱心なのか、あるいは内に淫気を秘めているのか、それはまだ分からないが、とにかく恭一もタブレットではなく、久々にスケッチブックを

出して開いた。

本当は脱いでいく裕美子をじっくり見ていたいのだが、恭一は原稿をパラパラとめくり、濡れ場らしい場所を流し読んで、どんな体位や行為があるのかも素早く頭に入れた。

目を上げると、ちょうど裕美子が最後の一枚を脱ぎ去り、一糸まとわぬ姿になり彼のベッドに横たわった。

彼も激しく胸を高鳴らせながら、スケッチブックを抱えて椅子をベッドに寄せた。

と、裕美子がメガネを外して枕元に置き、ティッシュを手にして白濁の雫に濡れた乳首を拭っている。

素顔を初めて見たが、眉の濃いきりりとした美形である。

「まだ少し漏れてくるけど気にしないで」

特に羞恥を感じている様子はなく、彼女はごく普通の口調で言った。

(ぼ、母乳……)

恭一は興奮に息を詰めた。そういえば、いつの間にか室内には生ぬるく甘ったるい匂いが立ち籠めはじめている。

「じゃ、仰向けから……」

恭一は言い、6Bの鉛筆でデッサンをしながら肢体を観察した。

肌は健康的な小麦色で、恐らくスポーツも得意だったのだろう。

形良い乳房は左右に流れることなく、二つ並んで息づいていた。さすがに出産を終えて乳首や乳輪は濃く色づき、またポツンと母乳が滲みはじめている。

ウエストもくびれ、丸みのある豊かな腰に流れ、さらにスラリとした脚に繋がっていた。

恥毛は濃い方で、彼は激しく勃起しながら、様々な角度から眺めて手早く鉛筆を走らせた。

「もしかして、橋場さんって、まだ童貞?」

ポーズを崩さず、唐突に裕美子が言った。

「え、ええ……」

本当はすでに母娘の両方を体験しているが、まさか義理の母や妹としたとは言えず彼は無垢なふりをして頷《うなず》いた。

「そう、じゃ風俗も知らないのね。やっぱり」

裕美子は言い、やがて仰向けのポーズを何種類か描いて彼がスケッチブックをめくると、

「見ておいた方がいいわね。挿絵にモロは描けないけど、ぼかすにしろ、どんなものか知っておかないと」

彼女は言うなり、仰向けのまま自ら両脚を浮かせて左右全開にした。

恭一も痛いほど股間を突っ張らせながら股間の方に移動し、中心部を見た。

白くムッチリと張り詰めた内腿がいっぱいに開かれ、割れ目と肛門が丸見えになっている。

恥毛は母娘より濃く、割れ目左右から尻の方にまで生え、

「中もよく見ておいて」

裕美子が言い、両手で割れ目をグイッと広げてくれたのだ。

ピンクの柔肉はヌメヌメと潤って膣口が息づき、クリトリスは何と親指の先ほどもある大きなもので、ツンと突き立って光沢を放っていた。

しかも出産で息んだ名残か、肛門もレモンの先のように艶めかしく突き出た感じで何とも興奮をそそった。

クリトリスも肛門も、颯爽《さっそう》たる着衣の上からは想像も付かず、やはり女性は脱がせて見ないと分からないものだと思った。

それにチラと腋毛が見え、脛にもまばらな体毛があった。

どうやら出産後はろくにケアもせず、自然のままにしているのだろう。

しかも裕美子は平然と喋っているが、愛液の濡れ具合からして、妊娠中から夫との交渉が途絶えているのではないか。

それが無垢と思い込んでいる恭一の熱い視線を受け、淫気が湧きはじめているようだった。

恭一は指の震えを押さえながら割れ目をスケッチし、まんぐり返しのポーズも素早く描いた。そして新たなページをめくると、

「濡れ場にはバックもあるので」

裕美子が言ってうつ伏せになり、四つん這いになって尻を突き出してきた。

恭一は、そのポーズもスケッチしながら、ズボンの中の幹を震わせ、熱く弾みそうな呼吸を懸命に抑えた。

やがて様々なポーズや割れ目を描くと、休憩するように裕美子が身を投げ出し、彼もいったんスケッチブックと鉛筆を置いた。

「おしゃぶりするシーンもあるので、橋場さんも脱いで。もちろんペニスは描けないけど、幹を支える指や口の形も必要でしょう」

裕美子が熱っぽい眼差しで言い、恭一も素直に服を脱いでいった。そして下着を脱

ぎ去り、ようやく勃起したペニスを解放してやったのだった。

「良かったわ、すごく勃ってて。萎えていたら、私に魅力がないのかなとガッカリしたもの」

恭一の股間に目を遣り、裕美子が身を起こしながら言い、彼を招いた。

そして彼が再びスケッチブックと鉛筆を持とうとしたら、裕美子が意外なことを言ってくれたのだった。

2

「スケッチブックを抱えたら見にくいでしょうからスマホで撮っていいわ。もちろんあとで消去してくれると約束してくれるなら」

裕美子が言い、恭一もスマホを手にして彼女に迫った。

「も、もちろん描き終えたら、必ず消去するって約束します」

「ええ、じゃもっと近くに」

恭一が答えると、裕美子はベッドを下りてカーペットに膝を突き、彼をベッドに座らせた。そして股を開かせて顔を寄せ、

「こんな感じかな……」

裕美子が言ってそっと幹に指を添えて小指を立て、先端に触れるか触れないかという微妙な距離に舌を伸ばしてきた。

恭一もレンズを向け、画像を確認しながら何枚か撮った。

もし母娘との関係が無かったら、この画像は最大に興奮するオカズになったことだろう。

裕美子も舌を伸ばし、舐めるふりをしながら艶めかしい眼差しをレンズに向けた。

「じゃ仰向けになって。今度は上からくわえるところを」

彼女が言って指を離し、恭一もベッドに仰向けになった。

裕美子もすぐに股間に腹這い、大きく開いた口を先端に寄せて止めた。

その表情や口の形を何枚か撮りながら、ピンピンに突き立った彼自身は美女の息を感じてヒクヒクと震えた。

しかも、下向きで口を開いているので、やがてツツーッと唾液が滴り、先端を濡らしてきた。

その艶めかしいショットも撮ると、裕美子がとうとう舌を唾液に濡れた先端に這わせ、粘液の滲む尿道口をチロチロと舐め回してくれたのだ。

「ああ……」

「感じてないで撮りなさい」

恭一が快感に喘ぐと裕美子が厳しく言い、さらに張りつめた亀頭をパクッとくわえてきたのだった。

口調と行為のギャップに興奮を高めながら、彼は懸命にレンズを向け、くわえた口の形や、吸引ですぼまる頬の様子などを撮った。

すると口の中では、からかうようにチロチロと舌が左右に蠢き、尿道口の少し下、最も感じる部分が刺激されたのだ。

裕美子が喉の奥まで深々と呑み込んで吸い付くと、彼自身は温かく濡れた美女の口の中で幹が震えた。

しかし急激に絶頂が迫ってくると、いよいよ危うくなる前にスポンと彼女の口が離れた。

そして裕美子は彼のスマホを手にして、撮った画像を順々に確認した。

「いいわね。これを元に、ペニスと割れ目だけはぼかして描いて。挿絵は全部で四枚、扉だけ良く描き込んで、あとの三枚は身体や顔のアップだけで背景は要らないわ。男の顔は描かないで。美男子の顔を描くと読者の興奮が薄れるので」

彼女は言って、スマホを枕元に置いた。

「じゃ、仕事はこれでおしまい」

裕美子が言うと、恭一はこれで彼女が服を着てしまうのではないかと不安になったが、すぐに彼女が表情を和《やわ》らげた。

「これからはプライベートね。こんなに勃ってるんだから射精したいでしょう。初体験の相手になってあげるわ」

裕美子が言って横たわってきた。

「わあ、嬉しいです。でも一つだけお願いが」

「なに」

「メガネを掛けて下さい。知っている顔の方が良いので」

「いいわ、その方が私も良く見えるし」

言うと彼女も答え、枕元のメガネを手にして掛けてくれた。素顔も美しいが、メガネを掛けるとさらに知的で颯爽たる雰囲気が増すのである。

そして裕美子が仰向けになると、恭一も身を起こし、あらためてメガネ美女の肢体を見下ろした。

「朝シャワーしたのね。ペニスが清潔だったから。でも私はゆうべ入浴したきりよ。

嫌なら急いでシャワー借りるけど」

「いえ、このままでいいです。自然の匂いを知りたいので」

「そう、良かった。私も勢いが付いているので、すぐにしたいわ。じゃ何でも好きにして」

裕美子が身を投げ出して言うので、恭一は足裏に屈み込み、舌を這わせながら指の間に鼻を押し付けて嗅いだ。

「あう、そんなところから味わいたいの……？」

裕美子が驚いたように呻き、ビクリと反応したが拒みはしなかった。

指の股は生ぬるい汗と脂にジットリと湿り、蒸れた匂いが濃厚に沁み付いて鼻腔が刺激された。

恭一は、美女のムレムレの匂いを貪ってから爪先にしゃぶり付き、順々に指の股に舌を割り込ませて味わった。

「アアッ……、こんなの初めてよ……」

裕美子がヒクヒクと脚を震わせながら喘いだ。童貞なら、すぐにも挿入してくると思っていたのかも知れない。

そして奔放そうに見えるけど、今まで彼女は足指を舐めるような男とは出会わなかったようだ。

彼は両足とも全ての指の股をしゃぶり、蒸れた味と匂いを貪り尽くしてしまった。

そのまま股を開かせて、脚を舐め上げていくと、脛の体毛がやけにワイルドな魅力に映った。

ムッチリした内腿を舌でたどり、熱気の籠もる股間に近々と迫り、濃い茂みに鼻を埋め込んで嗅いだ。

やはり隅々には、濃厚に甘ったるい汗の匂いと蒸れた残尿臭が籠もり、嗅ぐたびに悩ましく鼻腔が掻き回された。そして舐めはじめると、割れ目内部は愛液が大洪水になって舌の動きを滑らかにさせた。

淡い酸味のヌメリを味わい、息づく膣口の襞を探ってから、大きなクリトリスまで舐め上げていくと、

「アアッ……、いい気持ち……！」

裕美子が身を弓なりに反らせて喘ぎ、張りのある内腿でキュッときつく彼の顔を挟み付けてきた。

乳首ほどもあるクリトリスを舐め回し、チュッと吸い付きながら指を膣口に挿し入れ、艶めかしい匂いに酔いしれた。

「ああ……、もっと吸って……」

裕美子が声を震わせ、新たな愛液をトロトロと漏らしながらクネクネと悶えた。

恭一はさらに彼女の両脚を浮かせ、尻の谷間に迫った。

レモンの先のような蕾に鼻を埋めると、弾力ある双丘が顔中に心地よく密着した。

嗅ぐと蒸れた汗の匂いに混じり、生々しいビネガー臭も鼻腔を刺激してきた。シャワー付きではないトイレで用を足したのかも知れない。

もちろん嫌ではなく、彼は興奮を高めて匂いを貪り、舌を這わせて充分に濡らすとヌルッと潜り込ませた。

「あう……、変な気持ち……」

裕美子が呻き、肛門で舌先を締め付けてきた。まさか、足指どころか肛門も舐めてもらっていないのかも知れない。世の中の男たちは、そんなに淡泊でつまらない連中ばかりなのだろうか。

滑らかな粘膜は、淡く甘苦い味わいがあり、彼が舌を出し入れさせると鼻先の割れ目が妖しく蠢いて愛液が漏れてきた。

ようやく脚を下ろし、再び割れ目を舐めてヌメリをすすり、クリトリスに吸い付いて恥毛に籠もった匂いを貪った。

「い、入れて……、もう我慢できないわ……」

とうとう先に裕美子が降参するようにせがみ、彼も股間から顔を引き離した。

「ね、上から跨いで入れてくれますか」

「いいわ、私も上が好きだから……」

言うと彼女も答え、すぐにも身を起こしてくれた。恭一は入れ替わりに仰向けになると、愛液がシーツに沁み込んで少し尻が冷たかった。

裕美子は屈み込み、もう一度念入りに亀頭をしゃぶると、たっぷりと唾液を付けてから顔を上げた。そしてヒラリと彼の股間に跨がり、幹に指を添えて割れ目を先端に押し付けてきた。

位置を定めると腰を沈み込ませ、一気にヌルヌルッと根元まで受け入れ、ピッタリと股間を密着させた。

「アアッ……、いい……！」

裕美子が顔を仰け反らせて喘ぎ、彼の胸に両手を突っ張った。

恭一も、温もりと感触に包まれながら快感を味わったが、またスマホを手にし、女上位で交わった体勢と喘ぐ顔を撮っておいた。仕事熱心というより、早々と終わるのを避けたのである。

裕美子は完全に座り込み、童貞と思っているペニスを味わうようにキュッキュッと締め上げ、グリグリと股間を擦り付けてからゆっくり身を重ねてきた。

恭一も下から両手で抱き留め、両膝を立てて蠢く尻を支えた。

そしてまだ動かず、潜り込むようにして、濃く色づく乳首にチュッと吸い付いて舌で転がしたのだった。

3

「ああ、出てきた……」

乳首を強く吸うと、生ぬるく薄甘い母乳が滲んで、恭一は嬉々として喉を潤した。

すると裕美子も自ら膨らみを揉みしだき、分泌を促してくれたのだ。

恭一は左右の乳首を交互に含み、強く吸っては滴る母乳を味わい、うっとりと飲み込んで甘美な匂いで胸を満たした。

さらに彼女の腋の下にも顔を埋め、色っぽい腋毛に鼻を擦りつけて嗅いだ。

柔らかな腋毛は生ぬるく湿り、母乳に似た濃厚に甘ったるい汗の匂いに恭一は噎《む》せ返った。

充分に胸を満たすと、また乳首から雫が滲んでいた。

「ね、顔にかけて……」

言うと裕美子も両の乳首を指で摘み、胸を突き出して彼の顔に迫ると、新鮮な母乳を搾り出してくれた。

ポタポタと白濁の雫が滴り、恭一はそれを舌に受け止めて味わうと、さらに無数の乳腺から霧状になった母乳も顔中に生ぬるく降りかかり、たちまちヌルヌルにまみれて甘い匂いが漂った。

「ああ、気持ちいい……」

彼は興奮を高めて喘ぐと、裕美子が顔を寄せ、顔中に舌を這わせてくれた。

恭一も唇を重ねて舌をからめ、彼女の息で鼻腔を湿らせながら生温かな唾液を味わった。

すると、とうとう待ち切れなくなったように裕美子が徐々に腰を動かしはじめた。

恭一も下からしがみつきながらズンズンと股間を突き上げると、

「アア……、すぐいきそうよ……」

裕美子が収縮と潤いを増して喘いだ。開いた口から吐き出される、熱く湿り気ある息を嗅ぐと、花粉のような甘い刺激と、昼食の名残か淡いオニオン臭も混じって鼻腔を刺激してきた。

ケアしていないナマの吐息の匂いに、彼はゾクゾクと興奮した。

颯爽たる人妻編集者でも、濃厚な匂いをさせるというギャップ萌《も》えに高まり、何やら牝獣に犯されているような気分になった。

「唾を垂らして……」

言うと裕美子も喘いで乾き気味の口中に懸命に唾液を溜め、形良い唇をすぼめて迫ると、白っぽく小泡の多い粘液をグジューッと吐き出してくれた。

舌に受けて味わい、うっとりと喉を潤しながら彼は突き上げを強めた。

「顔に強くペッて吐きかけて」

さらにせがむと、彼は自分の言葉に激しく絶頂を迫らせた。実に、何でも要求が口に出せるようになったものだ。

「まあ、そんなことされたいなんて、マゾなの……？」

裕美子が呆《あき》れたように言うが、マゾというよりフェチなのだろうと彼は思った。

「美女が他の男に決してしないことを、僕だけにしてほしいので……」

恭一が答えると、彼女も唇に唾液を溜めて迫り、大きく息を吸い込んで止めるなり、勢いよくペッと吐きかけてくれた。

「ああ、気持ちいい……」

顔中に濃厚な花粉臭の吐息を受け、生温かな唾液の固まりをピチャッと鼻筋に受けて彼は喘いだ。唾液はトロリと頬の丸みを伝い流れ、ほのかな匂いが鼻腔を刺激してきた。

その間も裕美子が割れ目を擦り付けて動き、溢れる愛液が陰嚢の脇を伝い流れ、彼の肛門の方まで生ぬるく濡らしてきた。

互いの動きに合わせてピチャクチャと淫らに湿った摩擦音が響き、さらに収縮が活発になってきた。

「い、いっちゃうわ……、すごくいい……、アアーッ……！」

たちまち裕美子が声を上ずらせ、ガクガクと狂おしいオルガスムスの痙攣を開始したのだった。

その収縮に巻き込まれると、ひとたまりもなく恭一も続いて絶頂に達し、熱いザーメンをドクンドクンと勢いよくほとばしらせてしまった。

「あう、もっと……！」

奥に噴出を感じ、駄目押しの快感を得たように裕美子が呻くと、彼も激しく股間を突き上げて快感を噛み締め、心置きなく最後の一滴まで出し尽くしていった。

満足しながら、徐々に動きを弱めていくと、

「アア……、こんなに感じたの初めてよ……、まさか童貞にいかされるなんて……」

裕美子は、三十歳を目前にして本格的な快感を味わったように言った。

まだ膣内が名残惜しげな収縮を繰り返し、刺激された射精直後のペニスが過敏にヒクヒクと内部で跳ね上がった。

「あう……」

彼女が呻き、肌の強ばりを解いてグッタリと体重を預けてきた。

恭一は美女の重みと温もりを受け止め、花粉臭とオニオン臭の混じった濃厚な吐息を間近に嗅いで胸を満たしながら、うっとりと快感の余韻を味わったのだった。

やがて互いに呼吸を整えると、裕美子がメガネを外して置き、そろそろと身を起こしていった。

「シャワー借りたいわ。いきなり誰かが帰ってくることはないわね？」

「ええ、夕方までは絶対に大丈夫です」

裕美子の要望に彼は答え、二人は一緒にベッドを下りると全裸のまま部屋を出てバスルームへと移動していった。

朝食のとき、六時閉店の亜津子は元より、里沙も日暮れ頃の帰宅になると言ってい

たのだ。

「なんて広いお風呂場……」

中に入ると裕美子は目を見張って言い、恭一はシャワーの湯を出して股間を洗い、彼女も全身を流した。

もちろん一回の射精で治まるはずもなく、彼自身は湯に濡れた裕美子の肌を見てムクムクと回復しはじめた。

「まあ、もうこんなに……」

気づいた裕美子が驚いたように言い、張り詰めた亀頭をピンと指で弾いた。

「初めてだから無理ないだろうけど、私はもう充分だし、また社に戻って仕事しないといけないから、お口で良ければ出していいわ」

「うん!」

言われて、彼は元気よく答えて大きなバスマットに仰向けになった。

「ね、その前にオシッコを顔にかけて欲しい」

「そ、そんなことされたいの……」

言うと彼女は目を丸くしたが、好奇心が湧いたように彼の顔に跨がると、和式トイレスタイルでしゃがみ込んでくれた。

脚がM字になって股間が鼻先に迫ると、内腿と脹ら脛がムッチリと張り詰めて量感を増した。

ここも撮っておきたいがスマホは手元にないので、今は目の前の女体に専念した。

裕美子が片手でバスタブのふちを摑んで体を支えると、恭一は腰を抱き寄せて濡れた茂みに鼻を埋め、すっかり薄れた匂いを貪った。

舌を這わせると、すぐにも新たな愛液が溢れてきたが、やはり仕事があるので彼女はもう挿入される気はなさそうだ。

「アア……、本当に出していいの……？　口に入るわよ……」

「うん」

裕美子が息を震わせて言い、彼が頷くと尿意を高めはじめたようだ。恐らくこれも初体験だろう。興奮に愛液の量が増し、妖しく柔肉が蠢いたが、いくらも待たずにチョロッと熱い流れがほとばしってきた。

「あう、出ちゃう……」

彼女は息を詰めて言い、慌てて止めようとしたようだが、いったん放たれた流れはチョロチョロと勢いを増して彼の口に注がれはじめた。

「ああ……、変な感じ、こんなことするなんて……」

裕美子は彼の口に泡立つ音を聞きながら喘ぎ、ゆるゆると放尿した。

仰向けなので噎せないよう注意しながら少しだけ喉に流し込むと、亜津子より味も匂いも濃い感じだった。

興奮を高めて味わうと、勢いがついて口から溢れた分が熱く頬を伝い流れ両耳を濡らしてきた。

「アア……」

裕美子が喘ぎ、早く出し切ろうとしているようだが延々と流れが続き、彼は溺れそうになってしまった。それでも、ようやく勢いが衰えると、あとはポタポタと余りの雫が滴るだけとなった。

その雫に愛液が混じり、ツツーッと糸を引いて滴るのをすすり、彼は残り香の中で割れ目内部を舐め回した。

「も、もうダメ……、またしたくなっちゃうので……」

裕美子が言い、ビクッと股間を引き離すと、仰向けの恭一の横に座り込んだ。

その乳首から、また母乳が滲んでいるので彼は抱き寄せ、添い寝してもらいながら吸い付いていった。

まだオシッコの味と匂いの残る口の中に、母乳の薄甘い味と匂いが心地よく満ちていった。

それでも、あまり出てこないようで、両の乳首を順々に吸ってから、

「唾を飲ませて」

彼は勃起した幹を震わせながらせがんだ。

「何でも飲むのが好きなのね……」

裕美子が言って唇を重ね、トロトロと生温かな唾液を注いでくれ、彼もうっとりと喉を潤したのだった。

4

「ああ、息がいい匂い……」

恭一は充分に唾液を味わい、舌をからめてから囁いた。

「本当……？」

「うん、女の匂いがしてすごくいい……」

裕美子が指でペニスを弄びながら言い、彼は高まりながら答えた。

そして彼女の開いた口に鼻を押し込み、濃厚な吐息で胸を満たしながら絶頂を迫ら

せていった。

「じゃ、お口でしてくれる……？」

「いいわ」

彼が言うと、裕美子もすぐ顔を移動させた。彼女もすっかり高まり、本当はもう一度挿入されたいのだろうが、さすがにもう一回果てると、この後、仕事にならないと承知しているようだった。

仰向けのまま大股開きになると、その真ん中に裕美子が腹這い、まずは陰嚢をヌラヌラと舐め回し、睾丸を転がしてくれた。

そして前進して肉棒の裏側を舐め上げ、先端まで滑らかに舌を這わせてから張り詰めた亀頭にしゃぶり付いてきた。

そのままスッポリと喉の奥まで呑み込むと、幹を丸く締め付けて吸い、クチュクチュと舌をからめはじめた。

「ああ、気持ちいい……」

恭一も高まりながら喘ぎ、ズンズンと股間を突き上げた。

すると裕美子も顔を上下させ、たっぷりと唾液を出しながらスポスポと強烈な摩擦を繰り返してくれたのだった。

たちまち恭一は二度目の絶頂に達し、

「あう、出る……！」

快感に口走りながら、ドクンドクンとありったけの熱いザーメンをほとばしらせてしまった。

「ンン……」

喉の奥に噴出を受けると、彼女は小さく呻きながら、さらに上気した両頬をすぼめチューッと強く吸い出してくれたのである。

「あうう、すごい……」

バキュームフェラに彼は呻き、魂まで吸い取られるような快感に腰を浮かせた。

何やらドクドクと脈打つリズムが無視され、陰嚢から直にザーメンが吸い出されているようだった。

やがて最後の一滴まで絞り尽くすと、彼は力を抜いてグッタリと身を投げ出した。

裕美子も摩擦と吸引を止め、そのままこぼさぬよう口を締め付けて離すと、ゴクリと喉を鳴らして飲み込んだ。

さらに指で幹をしごき、尿道口に脹らむ余りの雫までペロペロと丁寧に舐め取り、全てのヌメリを吸い取ってくれたのだった。

「も、もういいです……」

恭一はクネクネと身悶えながら言い、ヒクヒクと過敏に幹を震わせた。

ようやく裕美子も舌を引っ込めて顔を上げ、

「私もいっぱいミルク飲んでもらったから……」

言って身を起こすと、もう一度シャワーを浴びた。

恭一も呼吸を整えて余韻から覚めると、身を起こして全身を流した。

身体を拭いて部屋に戻ると、すぐ互いに身繕いをして彼女はメガネを掛けた。

「じゃ明日のお昼までにラフをお願いね」

「分かりました。あの、またして下さいね」

「ええ、もちろん。想像していたより、何倍も良かったので」

裕美子は答え、そのままバッグを持って家を出ていった。

それを見送り、恭一は少し休憩して、

(とうとう担当の編集さんとまで……)

あまりの淫らな展開に驚きながら思った。

やはり全ては、母娘がこの家に来てくれたのが、彼にとって多大なる幸運の転機だったのだろう。

そしてあらためて五十枚ほどの官能小説の原稿コピーを読み込んで、パソコンを点けてタブレットに向かいながら、自分のスケッチやスマホの画像を確認した。

先ほど撮った裕美子の淫らな肢体や表情を見ていると、またムクムクと勃起してしまったが、今は急ぎの挿絵にかからなければならない。

しかし、これから官能イラストの仕事が多くなるのなら、画像は少しでも多い方が役に立つだろう。

（この部屋にＤＶＤカメラを設置して、ベッドの様子を盗撮しようか……）

恭一は思い立つと、すぐにカメラを取り出し、机の下にある棚に置いて、ベッドに向けて構図を確認してみた。

ちょうど、ベッドを横から撮る形になり、ロングだが行為や肢体は余すところなく録画できるだろう。しかも机の下の棚は見えにくいので、気づかれることもなさそうだった。

恭一は、また里沙が来てくれそうなとき、あらかじめスイッチが入れられるようにしておいた。

そして仕事に戻り、スマホ画像をパソコンの大画面に移して、裕美子のフェラする顔や口を見て、興奮しながら絵を進めていった。

すると夕方までに四枚のラフスケッチを仕上げることが出来、彼はすぐにもそれを送信して確認を取った。裕美子も社に戻ったらしく、四枚とも問題なくＯＫの返信メールが来たのだった。

これで締め切りまで二日間あるが、四枚の挿絵なら一日もかからず仕上げることが出来るだろう。

彼は本番の挿絵に取りかかった。着衣ならごまかせるが、全裸となると体の線が難しいが、それでも何とか描き進めることが出来た。

やがて母娘が一緒に帰宅し、彼は顔を見せてから部屋に再び戻って仕事にかかったが、間もなく夕食に呼ばれたのだった。

亜津子も里沙もいつもと変わらぬ笑顔で、まさか昼間に恭一がメガネ美女の編集者と濃厚なセックスをしたなどとは夢にも思っていないだろう。

そして夕食と風呂を終えると、恭一は自室に戻って仕事をした。

時間に余裕はあるが、やはり初めてのジャンルだから少しでも早めに進めておきたかったのだ。

いったん火が点くと夢中になって描き、もう裕美子の淫らな画像を見ても、勃起はするものの抜く気持ちにはなれなかった。

今日は二回射精しているが、そうそう毎日三回のノルマを守ることもない。

今夜は抜かなくても良いと思い、眠くなるまで仕事することにしたのだった。

そう、いきなり里沙でも入ってこない限りは。

やがて夜も更け、亜津子も里沙も自室に入って寝るだけのようだ。

すると廊下に足音が聞こえてきたので、恭一は急いで机の下のＤＶＤカメラのスイッチを入れた。

果たして、里沙が入って来たのだった。

5

「恭兄ちゃん、明日は一日中家にいる？」

パジャマ姿の里沙が、可憐な顔を向けて恭一に言った。

「うん、明日だけじゃなく毎日家にいるよ。何か？」

ジワジワと興奮を高めながら彼は答えた。

今夜はもう抜かなくて良いと思っていながら、やはり美少女の義妹を前にすると、肉体の方が反応してしまった。

「お友達が遊びに来たいっていうか、恭兄ちゃんに会いたいって言うので」

「ああ、舐めてもくれない彼氏のいる子だね？」

「ええ、そうなの。でも彼氏とは別れたって」

「それは早いね。奴は一回しただけでフラれたんだ」

恭一は答え、里沙から詳しい話を聞いた。

その友だちというのは小百合《さゆり》といい、なんと年齢は里沙より四つも上の二十二歳と言うではないか。そして初体験をしたばかりというから、里沙以上にずいぶん奥手だったようだ。

「ずっと修道院にいて、四年制の大学に復帰して今は三年生よ。私とはすごい仲良しで何でも話し合ってるの」

「そう」

里沙の通う短大は四年制と隣接しているので、それで年中会えるようだった。

「明日の昼過ぎに来たいと言うけど、私は夕方まで帰れないわ」

里沙の言葉に彼は驚いた。

「そ、それじゃ僕と二人きりで会うの？」

「ええ、丁寧な人と体験したいというので」

言われて、さらに恭一は目を丸くした。

「し、していいの？　僕がその小百合さんと……」

「してあげてくれると、私も嬉しいわ」

里沙が無邪気な眼差しで答える。では、里沙には自分への独占欲や嫉妬などないのだろうか。

「それで構わないのかい？　里沙は」

「少しは妬《や》けるけど、歳は違うけど大親友だし、それに小百合さんとは女同士で気持ち良いことをしてきた仲なので」

「うわ……」

里沙は処女でも、女同士の行為は体験していたようだ。それなら、すでに身も心も繋がっているだろうから、二人にとって恭一は共通の快楽の道具のようなものかも知れない。

それはそれで興奮する関係だった。そもそも彼と里沙は、いかに好き合おうとも結婚は出来ない関係なのである。

「里沙が嫌でないなら、僕は構わないけど」

「わあ、それなら嬉しい。今夜にも小百合さんにメールしておくわね。これが彼女の顔よ」

里沙がスマホを出し、小百合の写真を見せてくれた。

それはシスターのベールを被った黒衣の美女ではないか。

長く修道院にいて女同士の行為に目覚めたり、男を知らぬまま耳年増になって快楽への憧れが強くなってきたようだった。

正に、ベールに包まれた女の性だ。

そして当然ながら、里沙も恭一の顔を小百合に見せていて、その上で彼に会いたいと言っているのだろう。

「制服はいいね。里沙は高校時代の制服まだ持ってる？」

「ええ、セーラー服が取ってあるわ」

彼女が答え、恭一は義妹の制服姿を思い浮かべて激しく勃起した。

「じゃ話は分かったので、少しだけいい？」

恭一は言い、里沙をベッドに招いた。

「今夜は体を休めたいので、入れないでほしいの。入れると前より感じて大きな声が出そうなので、入れるのは今度ママのいないときに」

「うん、それでも構わないよ。出すのを手伝ってくれれば」

恭一は答え、手早く全裸になるとベッドに仰向けになった。

これで今日も、日に三回のノルマを達成することになる。

里沙もパジャマと下着を脱ぎ去って添い寝してくれたが、やはり今夜も風呂上がりで、歯磨きも済ませてしまったようだ。

唇を重ねて舌をからめ、生温かく清らかな唾液を吸収しながら里沙の手を握り、勃起したペニスに導いた。

彼女もニギニギと愛撫してくれ、彼は唇を離し、美少女の口を開かせて鼻を押し込み、熱く湿り気ある息を胸いっぱいに嗅いだ。

やはり甘酸っぱい果実臭は淡く、ほのかなハッカ臭が混じって鼻腔をくすぐった。

「匂いが薄い」

「ごめんね……」

「謝らなくていいよ。じゃ顔を跨いで」

恭一が言って仰向けになると、里沙も身を起こして彼の顔に跨がり、しゃがみ込んで股間を迫らせてきた。

淡い若草に鼻を埋めて嗅いだが、やはり湯上がりの匂いばかりだ。

それでも柔肉を舐めると、熱い蜜が溢れて舌がヌラヌラと滑らかに動いた。

「あん……」

里沙がビクリと反応して声を洩らした。しかし今夜は早めに休みたいだろうし、匂いも薄くて物足りないので彼も性急に進めた。

「オシッコ出して……」

「え……、ダメよ、ベッドの上でなんか……、それにさっきしたばかりだし」

「うん、少しの方がこぼさなくていいからね」

「飲んじゃうの……？　汚いのに……」

「天使から出るものに汚いものはないからね。少しでいいから出して」

真下から懇願し、割れ目に吸い付くと、

「あう……、いいのかな……」

里沙は言いながらも、彼の願いをきこうと尿意を高めはじめてくれたようだ。

今夜は挿入したくないということに、すまなさを感じて、他のことなら少々の抵抗があっても応じようとしているのかも知れない。

舐めながら待っていると、間もなく中の柔肉が蠢いて味わいが変わった。

「く……、出る……」

息を詰めて言うなり、チョロチョロとか細い流れが彼の口に注がれてきた。

恭一は温かな流れを受け止めて味わい、噎せないように喉に流し込んだ。すでに仰向けでの嚥下《えんげ》は裕美子で体験しているし、流れはずっと弱いので難なく飲み込むことが出来た。

「アア……、もう出ないわ……」

里沙がクネクネ腰を動かして言い、すぐにも流れは治まってしまった。だから彼は一滴もこぼすことなく、全て飲み干すことが出来て、そのことに自分で感動した。

彼は残り香の中で余りの雫をすすり、念入りに舐め回してやった。

「あん、もうダメ……」

里沙が言ってビクッと股間を引き離した。

「じゃお口でしてくれる？」

言うと頷き、すぐに里沙が顔を移動させた。大股開きになると、里沙が彼の両脚を浮かせ、厭わずに尻の谷間から舐めはじめてくれた。

「あう、気持ちいい……」

股間に熱い息を受けながら、彼はチロチロと肛門に這い回る舌のヌメリに呻いた。

里沙は充分に舐めて濡らしてからヌルッと潜り込ませ、中で舌を蠢かせてくれた。

「く……」

恭一は呻き、天使の舌先をモグモグと肛門で味わった。

ようやく脚を下ろすと舌を離し、里沙は陰嚢を舐め回して生温かな唾液にまみれさせてくれた。

せがむように幹をヒクつかせると、彼女もすぐ前進してペニスの裏側をゆっくり舐め上げ、先端まで来ると粘液の滲む尿道口をチロチロと舐め、そのままスッポリと喉の奥まで呑み込んでいった。

「アア……、いい……」

恭一は熱く濡れた美少女の口に包まれて喘ぎ、中でヒクヒクと幹を上下させた。

里沙も熱い鼻息で恥毛をそよがせ、幹を締め付けると笑窪を浮かべて吸い、クチュクチュと舌をからめてくれた。

たちまち彼自身は清らかな唾液にまみれ、ズンズンと股間を突き上げると、

「ンン……」

小さく呻き、里沙も顔を上下させてスポスポとリズミカルに摩擦しはじめた。

「ね、出たら強く吸ってね」

恭一は、裕美子のバキュームフェラの激しい快感を思い出して言った。

里沙も小さく頷き、念入りに舌をからめては摩擦を繰り返した。

恭一も我慢せず快感を受け止めたので、たちまち絶頂に達してしまった。

「い、いく……、吸って……、アア……!」

身悶えながら口走り、熱いザーメンをドクンドクンと勢いよくほとばしらせると、

「ク……」

喉の奥を直撃されながら里沙が呻き、言われた通り両頬をすぼめてチューッと強く吸い付いてくれたのだった。

「あうう、すごい……」

恭一は快感に呻き、まるでペニスがストローと化し、美少女に命まで吸い出されるような感覚に悶えた。

全身を反り返らせて最後の一滴まで出し尽くすと、彼は満足しながらグッタリと力を抜いて身を投げ出していった。

里沙も吸引を止め、口の中で舌を蠢かせ、亀頭を含みながらコクンとザーメンを飲み込んでくれた。

「あう……」

締まる口腔の刺激に呻き、彼はピクンと幹を震わせた。

里沙もチュパッと口を離し、なおも余りの雫の滲む尿道口をチロチロと舐め回し、舌で綺麗にしてくれたのだった。

「も、もういいよ、どうも有難う……」

日に三回射精のノルマを果たし、彼は過敏に反応しながら言った。

里沙も舌を引っ込めて身を起こし、大仕事でも終えたように太い息を吐いた。

「気持ち良かった？」

「うん、すごく……」

「じゃ明日は小百合さんにしてもらってね。おやすみ」

里沙は笑顔で言うなりベッドを下り、身繕いすると無邪気に手を振って部屋を出て行った。

仰向けのままそれを見送り、恭一は呼吸を整えながら余韻を味わった。

何という贅沢な日々であろうか。

そして身を起こすと下着だけ着けながら机の下に潜り込み、ＤＶＤカメラのスイッチを切って再生してみた。

(うわ、ちゃんと撮れてる……)

画像を見て恭一は快哉《かいさい》を叫んだ。可憐な里沙が添い寝し、ペニスをいじったりおしやぶりする様子が、横からの位置でシッカリ納まっているのだ。

そして確認だけしてスイッチを切ると、彼はシャツを着て灯りを消し、ベッドに横になった。

（明日は、元シスターか……）

恭一は思い、明日も隠し撮りしようと楽しみにしながら、心地よい気怠《けだる》さの中で眠りに就いたのだった。

第四章　乙女《おとめ》の淫らな祈り

1

「初めまして。お邪魔します」

昼過ぎ、小百合が訪ねて来たので、恭一は胸をときめかせながら迎え入れた。

午前中は挿絵の仕事を進め、この分なら明日には完成して送信できるだろう。

そして昼食を終え、歯磨きとシャワーも済ませ、しかも隠し撮りのセットまで万端整えて小百合を待ったのである。

もちろん小百合はシスターの衣装でなく、清楚な私服姿の彼女は意外に長身で、黒髪も長かった。

写真より数年経っているので艶やかで、写真では分からなかった淡い雀斑《そばかす》が魅惑的に映り、さすがに恭一より二歳お姉さんといった落ち着きも見て取れた。

しかし小百合はたった一回のセックスをし、しかも愛撫などされるのは未経験で、まだ数日とはいえ体験からすれば恭一の方がずっと先輩なのである。

とにかく上がらせ、ドアを内側からロックして彼は小百合を自室に招き入れた。

彼女を椅子に座らせ、恭一はベッドに腰を下ろした。彼女のバッグからペットボトルが覗いているので、やはり茶などは要らないだろう。

「里沙から聞きました。すごく丁寧に愛してくれたって感動していましたよ」

小百合はにこやかに彼を見つめ、最初から本題に入ってきた。

「そ、そうですか。小百合さんの彼氏は……？」

「あれはダメです。合コンで知り合ったイケメンだったけど、良いのは顔だけ。特にイケメンに生まれついた男はちやほやされるのに慣れているから、何でも自分本位で女性よりも自分が好きなタイプでした」

小百合は不快なことを思い出したように、微かに眉をひそめてまくし立てた。

だが不快でも、そのことがあったから今日の出会いがあったのだ。

「人からは似合いのカップルだと言われたけど、それは見た目だけで、いざラブホテルで裸になると、フェラはさせるくせに私のほうは舐めてくれないし、まったく自分の快感が優先だったのできっぱり別れました。もうスマホもシャットアウトしたので二度と会うことはありません」

形良い唇から歯切れ良く、フェラとか舐めてくれないという台詞《せりふ》が出て、恭一自身は痛いほど股間を突っ張らせてしまった。

「その、修道院の頃にも好奇心とかは……」

彼は、小百合のシスターの衣装を思い浮かべて訊いた。

「もちろんありましたし、女同士の悦びはそこで知ったのです」

小百合が言う。

してみればシスターの清らかなイメージとは裏腹に、レズごっこで快楽を追求し、その流れで可憐な里沙とも戯《たわむ》れたのだろう。

「じゃオナニーなども活発に?」

恭一は、大胆に言う小百合に釣られて際どいことも訊いてしまった。すると彼女も全く抵抗なく答えたのである。

「ええ、バイブ挿入も経験しています」

「うわ……、じゃ奴にいきなり挿入されても痛みなどはあまり……」

恭一は会話だけでピンピンに勃起し、尿道口が濡れてくるのを覚えた。

「はい、処女なのに痛みはなかったけど、私は挿入などより延々と愛撫で戯れてみたかったので」

願ってもないことを言われ、彼は興奮に息が弾んできた。小百合の色白の頬も、期待によるものかほんのり紅潮しはじめている。

そして互いの淫気が伝わり合ったように、小百合が立ち上がった。

「じゃ、お願いできますか」

「ええ、是非」

まるでテニスの手合わせでもお願いするように言われ、彼も答えて腰を浮かせた。

小百合が上着を脱いでブラウスのボタンを外し、恭一も胸を高鳴らせながら手早く脱いでいった。

彼は先に全裸になるとベッドに横たわり、机の下に隠したＤＶＤカメラが録画を開始していることをそっと確認した。彼女の来訪のため、枕カバーも洗濯済みのものに替えてある。

小百合もためらいなく脱いでゆき、生ぬるく甘ったるい匂いを揺らめかせながら見る見る白い肌を露わにしていった。

「里沙から聞いてますけど、無臭は好みでないということなので、今日は朝からシャワーは浴びていませんし、ずいぶん動き回りました。昼食後の歯磨きもしていないけれど、それで構いませんか」

「え、ええ、それで良いです……」

小百合に言われ、彼はさらなる期待に声を震わせて答えた。

やがて彼女は最後の一枚を脱ぎ去り、一糸まとわぬ姿で添い寝してきた。

恭一は身を起こし、小百合の肢体を観察した。

白いシーツに長い黒髪が映え、着痩せするたちなのか意外に乳房は豊かに息づき、腰も豊満なラインを描いていた。

そして色白の肌からは、ふんわりと甘い匂いが漂い、胸元にも頬のような淡い雀斑が見て取れた。

スッピンに近い薄化粧で、全身隅々までケアしている風には見えないが、チラと見えた腋《わき》も脛も裕美子のような体毛はなくスベスベで、まるでマネキン人形のような印象を受けたが、それでも胸は期待を高めた息遣いに上下していた。

恭一は屈み込み、チュッと乳首に吸い付いていった。

いつものパターンで、彼女の右の乳首からだ。

ネット情報で、右利きは左の乳首の方が感じると聞いたので、感じる方を後にするのである。

しかもキスするのを最後にするのも自然に身に付いたパターンで、どうしても彼は女性の唾液と吐息が最も楽しみなので、後に取っておく癖が付いたのだった。

「アア……、いい気持ち……」

コリコリと硬くなった乳首を舌で転がすと、すぐにも小百合が熱く喘ぎはじめ、クネクネと身悶えはじめた。

マネキン人形どころか非常に感じやすく、しかも腋から濃く漂う甘ったるい体臭がゾクゾクと彼を高まらせた。

恭一は充分に愛撫してから、左の乳首も含んで舐め回し、顔中を押し付けて柔らかな膨らみを味わい、滑らかな肌に指も這わせた。

左右の乳首を堪能すると、ジットリと生ぬるく湿った腋の下にも鼻を埋め、濃厚に籠《こ》もる甘ったるい汗の匂いに噎せ返った。清楚な見た目に似合わず、濃い匂いが実に興奮をそそった。

匂いを胸に満たしてから肌を舐め下り、チロチロと臍《へそ》を探り、張り詰めた下腹に顔を押し付けて弾力を味わった。そして腰のラインから脚を舐め下りていくうち、

「ああ……」

小百合は間断なく喘ぎ、少しもじっとしていられないように身悶えていた。

恭一は両脚とも味わい、足裏に舌を這わせ、細く形良く揃った足指の間にも鼻を押しつけていった。

指の股は汗と脂に湿り、ムレムレの匂いが沁み付いて鼻腔が刺激された。

清楚な元シスターの刺激臭は、ギャップ萌えの興奮をもたらした。

彼は蒸れた足指の匂いを貪ってから爪先にしゃぶり付き、順々に指の間にヌルッと舌を割り込ませて味わった。

「あう……、すごい……」

小百合がビクリと反応し、下半身をよじらせて呻いた。やはり女同士でも、足指まではしゃぶり合っていなかったのだろう。

恭一は両足とも、味と匂いが薄れるまで貪り尽くしてしまった。

そして大股開きにさせて脚の内側を舐め上げてゆき、ムッチリと張りのある内腿をたどり、股間に迫っていった。

ふんわりと煙る恥毛は薄い方で、割れ目からはピンクの花びらがはみ出し、驚くほど大量の愛液に潤っていた。

そっと指を当てて陰唇を左右に広げると、柔肉がヌメヌメと蜜に濡れて息づき、膣口が細かな襞を入り組ませていた。処女を喪《うしな》ったばかりだが、ペニスが入ったのはたった一度、それ以前にバイブ挿入に慣れ、痛みへの恐れより快感への期待に妖しく蠢《うごめ》いていた。

　小さな尿道口が見え、包皮の下からは小豆大《あずき》のクリトリスが光沢を放ってツンと突き立っている。

「アア……」

　見られているだけで小百合が熱く喘ぎ、彼の視線と息を感じるたびにヒクヒクと白い下腹が小刻みに波打った。

「舐めてって言って下さい」

　股間から恭一は言った。

　彼女も舐めてもらうのを待ち望んでいたようだから、あえて淫らな言葉を言わせたくなり、実に自分も積極的になったものだと彼は思った。

「ああ……、舐めて……」

　小百合は息を震わせて小さく言い、羞恥とともに柔肉を息づかせると、恭一もそれ以上焦らさずに顔を埋め込んでいった。

　柔らかな恥毛に鼻を擦りつけて嗅ぐと、隅々には濃厚に甘ったるい汗の匂いが蒸れて沁み付き、それにほのかなオシッコの匂いと淡いチーズ臭も混じって鼻腔を掻き回してきた。

「いい匂い」

うっとりと胸を満たして言い、舌を挿し入れて膣口の襞をクチュクチュ掻き回し、ヌメリを味わいながらゆっくりとクリトリスまで舐め上げていった。

2

「アアッ……、い、いい気持ち……」

小百合がビクッと顔を仰け反らせて喘ぎ、内腿でムッチリと恭一の両頬をきつく挟み付けてきた。

舌先をクリトリスに当てチロチロと弾くように左右に動かすたび、愛液の量が格段に増して小百合の喘ぎが激しくなっていった。

そして彼は充分に味と匂いを嚙み締めてから、小百合の両脚を浮かせて白く丸い尻に迫った。谷間の蕾《つぼみ》も綺麗な襞を揃えて収縮し、鼻を埋め込むと蒸れた匂いが感じられた。

嗅いでから舌を這わせて襞を濡らし、ヌルッと潜り込ませると、

「あう……！」

小百合が呻き、キュッときつく肛門で舌先を締め付けてきた。

恭一は滑らかな粘膜を執拗に探り、出し入れさせるように蠢かせた。

味わってから脚を下ろし、再び割れ目に戻って大洪水のヌメリをすすり、クリトリスに吸い付いていくと、

「ま、待って、いきそう……」

小百合が言って身を起こし、彼の顔を股間から追い出しにかかった。初めて男に股間の前も後ろも舐められたのだから、このまま昇り詰めても構わないのだが、やはり彼女も高まったまま早く一つになりたいのだろう。

恭一も素直に股間を離れて添い寝すると、小百合が移動して彼の股間に腹這いになった。そして彼の両脚を浮かせると尻の谷間を舐め回し、ヌルッと潜り込ませてきたのである。

「く……」

恭一は唐突な快感に呻き、モグモグと肛門で美女の舌先を味わった。中で舌が蠢くと、勃起したペニスが操られるようにヒクヒクと上下した。

彼女は充分に舌を蠢かせてから脚を下ろし、陰嚢にしゃぶり付いて舌で二つの睾丸を転がした。

袋全体が生温かな唾液にまみれると、さらに小百合が前進して指で幹を支え、粘液の滲む尿道口にチロチロと舌を這わせた。

そして張り詰めた亀頭を含み、スッポリと喉の奥まで呑み込んでいくと、股間を長い髪がサラリと覆い、内部に熱い息が籠もった。

「ンン……」

彼女は熱く鼻を鳴らして息で恥毛をくすぐり、幹を締め付けて吸い付いた。

口の中ではクチュクチュと舌がからみつき、たちまち彼自身は生温かく清らかな唾液にまみれて震えた。

小百合が顔を上下させ、スポスポと強烈な摩擦を開始すると、

「ま、待って……」

今度は恭一が危うくなって言った。

すると小百合もスポンと口を離すと、いったんベッドを下りて自分のバッグを探った。そして何かを取り出して再びベッドに上り、仰向けになった。

「ね、これをお尻に入れて下さい」

彼女が言い、恭一が身を起こして手渡されたものを見ると、それは何と楕円形をしたローターだった。

小百合は自ら両脚を浮かせて抱え、彼の方に尻を突き出してきた。

恭一は屈み込み、もう一度肛門を舐め回して唾液に濡らし、ローターを押し当てて指の腹で押し込んでいった。

「あう……、奥まで……」

小百合が括約筋を緩めて呻き、見る見るローターは蕾を丸く押し広げて潜り込んでゆき、間もなく見えなくなった。あとは肛門から、電池ボックスに繋がるコードが伸びているだけだった。

どうやら小百合は、ペニスを模したバイブの膣挿入のみならず、ローターを使ってのアヌスオナニーもしていたようだ。

電池ボックスのスイッチを入れると、奥から「ブーン……」と低い振動音が聞こえ、

「アア……、前に入れて、本物を……」

小百合が激しく身悶えながらせがんできた。

恭一も興奮を高め、股間を進めて正常位で先端を割れ目に擦り付け、ヌメリを与えてからゆっくり膣口に押し込んでいった。

ヌルヌルッと滑らかに根元まで挿入すると、何やら里沙以上の締め付けが彼自身を包み込んだ。それは深々と肛門にローターが入っているので、きつくなっているのだろう。

しかもローターの振動が間の肉を通し、ペニスの裏側にも伝わって、彼は何とも妖しく新鮮な快感を得た。

股間を密着させて身を重ね、胸で張りのある乳房を押しつぶすと、

「ああ……、嬉しい……」

小百合が喘ぎ、下から両手で激しくしがみついてきた。

恭一は締め付けと温もりを味わい、上からピッタリと唇を重ねていった。

舌を挿し入れて滑らかな歯並びをたどると、小百合も歯を開いて舌を触れ合わせてきた。

彼女の熱い息で鼻腔を湿らせながらチロチロと絡み付けると、生温かな唾液のヌメリが何とも心地よく伝わった。

さらに彼は小百合の肩に腕を回して肌の前面を密着させ、きつい膣内で徐々に律動しはじめた。

「アアッ……、気持ちいいわ、もっと強く乱暴にして……」

小百合が口を離して熱くせがんだ。

自分本位のイケメンに乱暴にされるのは嫌だっただろうが、今は充分に愛撫されてようやく一つになったのである。

恭一も次第に勢いを付けて腰を突き動かしながら、小百合の口から吐き出される熱い息を嗅いだ。それはシナモンに似た匂いに、昼食の名残か淡いガーリック臭も混じり、美しい顔とのギャップ萌えにゾクゾクと興奮した。

「ああ、なんていい匂い……」

鼻腔を刺激されながら喘ぎ、さらに開いた口に鼻を押し込んで嗅ぐと、下の歯の裏側の微かなプラーク臭も混じって胸が満たされた。

やはり、どんなに清楚で可憐な元シスターでも、ケアしなければ悩ましく刺激的な匂いをさせるのだ。

そんな当たり前のことすら大発見のように思え、いつしか彼は股間をぶつけるように激しく動いていた。

「アア……、い、いきそう……」

小百合が顔を仰け反らせて喘ぎ、自分もズンズンと下から股間を突き上げてきた。

大量に溢れる愛液が動きを滑らかにさせ、ピチャクチャと湿った摩擦音が響き、揺れてぶつかる陰嚢も生温かく濡れた。

膣内の収縮が増すと、連動するように肛門も締まるのか、ローターがブンブンと悲鳴を上げていた。

恭一は肉襞の摩擦とローターの振動、刺激的に悩ましい美女の吐息を嗅ぎながら、たちまち昇り詰めてしまった。

「い、いく……！」

突き上がる大きな絶頂の快感に貫かれて口走り、彼は熱い大量のザーメンをドクンドクンと勢いよくほとばしらせた。

「あ、熱いわ、いく……、アアーッ……！」

すると噴出を感じた途端に小百合も声を上げ、ガクガクと狂おしいオルガスムスの痙攣を開始したのだった。やはりバイブは射精しないので、奥に感じた熱い直撃が絶頂のスイッチを入れたのだろう。

小百合はスラリとして華奢《きゃしゃ》に見えるが、強い力で腰を跳ね上げ、彼を乗せたまま何度か激しく反り返った。

恭一は格段に増した締め付けと収縮の中、心ゆくまで快感を噛み締め、最後の一滴まで出し尽くしてしまった。

すっかり満足しながら彼が徐々に律動を弱め、力を抜きながら遠慮なく体重を預けていくと、

「ああ……、すごいわ、こんなに良いなんて……」

彼女も満足げに声を洩らし、肌の硬直を解いてグッタリと身を投げ出していった。

互いに完全に動きを止めても、まだ膣内の収縮とローターの振動が続き、膣内の彼自身はヒクヒクと過敏に跳ね上がった。

そして恭一は彼女の喘ぐ口に鼻を押し当てて嗅ぎ、唾液と吐息の混じった濃厚な匂いに酔いしれながら、うっとりと快感の余韻を味わったのだった。

やがて呼吸を整えると、彼はそろそろと身を起こし、股間を引き離していった。

手早くティッシュでペニスを拭いながらスイッチを切り、指にコードを巻き付けて切れないよう気をつけながら引っ張った。

「あう……」

小百合も呻き、まるで排泄するように肛門をモグモグさせると、ようやくローターのピンク色が覗き、見る見る蕾が丸く押し広がった。

ツルッとローターが抜け落ちると、肛門もすぐにキュッと締まり、元の可憐な蕾に戻っていった。

ローターに汚れはないが、一応ティッシュに包んでおき、恭一は小百合の割れ目も拭き清めてやった。

「ああ……、すごすぎて力が入らないわ、起こして下さい……」

小百合が呼吸を整えて言うので、恭一は支えながら起こしてベッドを下り、全裸のまま一緒にバスルームへと移動していったのだった。

3

「本当に広いわね。里沙から聞いていたけど、三人でも一度に入れそうだわ」

小百合がバスルームを見て言い、恭一はシャワーの湯を出して股間を洗った。

彼女も濡れないよう長い髪をまとめてから全身を洗い流し、残念ながら濃厚だった体臭は消されてしまった。

「ね、オシッコ出して下さい」

例により恭一がバスマットに座って言うと、

「まあ、そんなところが見たいの……」

小百合が驚いたように言った。どうやらレズごっこでも、オシッコプレイはしていないようだった。

「どうすればいいの……」

「ここに立って、足をここに」

それでも小百合が応じてくれるように言うので、恭一は答え、彼女を目の前に立たせて片方の足をバスタブのふちに乗せさせた。

そして開いた股間に顔を埋めると、やはり湯に濡れた恥毛に沁み付いていた匂いはほとんど薄れてしまっていた。

舐めると新たな淡い酸味を含んだ愛液が溢れ、すぐにも舌の動きがヌラヌラと滑らかになった。

「あう……、この格好で出していいの……？」

「うん」

小百合が言うので舐めながら答えると、彼女も下腹に力を入れ、素直に息を詰めて尿意を高めはじめてくれた。

すると次第に奥の柔肉が迫り出すように蠢き、味わいと温もりが変化してきた。

「出るわ、顔にかかるけどいいのね……、あう……」

小百合が言うなり、熱い流れがチョロチョロとほとばしってきた。

恭一は口に受け、味わいと温もりを噛み締めた。

味も匂いも淡く上品なもので、飲み込むにも抵抗は無いが、たちまち勢いが増して注がれたので、溢れた分が温かく肌を伝い流れた。

「アア……、変な気持ち……」

放尿しながら小百合が息を弾ませて言い、ガクガクと膝を震わせた。

やがて勢いが衰え、流れが治まると彼は残り香の中で余りの雫《しずく》をすすり、割れ目内部を舐め回した。

「あう……、もうダメ、また入れたいわ……」

小百合がビクッと腰を引いて言い、足を下ろしてしゃがみ込んでしまった。

恭一がバスマットに仰向けになると、彼女はすぐに屈み込んで回復している亀頭にしゃぶり付いてきた。

喉の奥までスッポリ呑み込んでクチュクチュと摩擦し、たっぷりと唾液にまみれさせてくれた。

部屋に戻ってまた盗撮することも考えたが、小百合は勢いがつき、彼もまた高まっているので、余計なことは考えず快感に集中することにした。

「ああ、跨いで入れて下さい……」

強烈なフェラにすっかり高まった恭一が言うと、小百合もチュパッと口を離して顔を上げ、彼の股間に跨がってきた。

先端に割れ目を押し当て、息を詰めて腰を沈めると、

「アア……、いいわ……！」

小百合がヌルヌルッと根元まで一気に受け入れ、顔を仰け反らせて喘いだ。

完全に座り込むと、密着した股間をグリグリと擦り付け、すぐに身を重ねてきたので彼も両手を回して抱き留め、両膝を立てて尻を支えた。

もうアヌスローターの刺激もないので、膣内はペニスだけを味わうようにキュッキュッと締まり、小百合も徐々に腰を動かしはじめた。

恭一も、ローターの震動がないので膣内の感触と温もりだけに集中し、ズンズンと合わせて股間を突き上げた。

「ああ、すぐいきそうよ、すごく気持ちいいわ……」

小百合が声を上げ、収縮と潤いを増していった。

そして動きを早めながら、彼女が顔を迫らせ、上からピッタリと恭一に唇を重ねてきたのだ。

「ンン……」

舌を潜り込ませて小百合が熱く鼻を鳴らすと、彼もネットリと舌をからめて唾液をすすった。

「唾を出して……」

唇を触れ合わせたまま囁くと、小百合も懸命に分泌させ、生温かな唾液をトロトロと口移しに注ぎ込んでくれた。恭一は小泡の多い清らかなシロップを味わい、うっとりと喉を潤した。

「顔中もヌルヌルにして……」

さらにせがむと、小百合も高まりに任せて大胆に舌を這わせ、彼の鼻の穴や瞼、頬まで舐め回して唾液にまみれさせてくれた。

恭一も突き上げを強め、締め付けと摩擦快感にジワジワと絶頂を迫らせていった。

小百合の喘ぐ口に鼻を押し付け、彼女本来のシナモン臭に淡いガーリックの混じった吐息を胸いっぱいに嗅ぐと、甘美な悦びが胸に広がった。

「いい匂い……」

「嘘、お昼に食べたパスタのガーリックが残っているでしょう」

嗅ぎながら言うと、小百合が羞恥を甦《よみがえ》らせたように囁いた。

「うん、刺激がちょうどいい。いっぱい息をかけて」

興奮を高めながらせがむと、小百合も惜しみなく吐息を与えてくれながら、次第にヒクヒクと痙攣を強めていった。

「い、いく、気持ちいいわ……、アアーッ……！」

今度は噴出を感じるより先に小百合がオルガスムスに達して声を上げ、狂おしく身悶えながら彼自身を吸い込むような収縮を繰り返した。

ひとたまりもなく恭一も絶頂に達し、

「く……！」

快感に呻きながら、ありったけのザーメンをドクンドクンと注入した。

「あう、出てるのね、もっと……！」

噴出を感じ、駄目押しの快感を得た小百合が呻き、腰を遣いながらきつく締め上げてきた。

恭一も激しく股間を突き上げて快感を味わい、心置きなく最後の一滴まで出し尽くしていった。満足しながら徐々に動きを弱めていくと、

「ああ……、良かった……」

小百合も声を洩らし、力を抜いてグッタリと彼にもたれかかってきた。

恭一はまだキュッキュッと締まる膣内でヒクヒクと過敏に幹を震わせ、悩ましく濃

厚な美女の吐息を間近に嗅ぎながら、うっとりと快感の余韻に浸り込んでいったのだった。

　重なったまま荒い息遣いを混じらせ、小百合も遠慮なく体重を預けながら、徐々に呼吸を整えた。

「里沙が言っていた通りの人だったわ……、ううん、それ以上に、想像していたよりも良かった……」

　小百合が、まだ膣内を名残惜しげに締め付けながら言う。

「でも、僕は少し気がかりです。里沙は僕が誰としても構わないのかなって……」

　恭一は、気になっていたことを言った。

「それは私だからよ。それ以外の女にあなたを差し出すようなことはないわ」

　小百合が答え、それほど二人は姉妹のように心を通じ合っているようだった。

「そう、ならば安心です……。それより小百合さんは、まだシスター時代の衣装を持っていますか」

「ええ、あるけれど、それを着てほしい？」

　言うと、彼女は恭一の欲望を察したように答えた。

「着てほしいです。何だか、してはいけない人とするような気になるし……」

「分かったわ。じゃこの次に持ってくるから」

小百合は答え、ようやく身を起こしてシャワーの湯を出した。

恭一も起き上がって全身を洗い流すとバスルームを出て、互いに身体を拭いて部屋に戻っていった。

まだ日は高いが、小百合が身繕いをしたので彼も服を着た。

「今夜はシスター時代の仲間たちと夕食なの。だからそろそろ帰るわね」

「分かりました。是非また」

恭一は言って小百合を見送り、少し休憩した。

（これで、何人目だろう……）

彼は思い、母娘の他に編集者や元シスターと交渉を持てて、あまりに連続する女性運が恐くなるほどだった。

そして恭一は挿絵の仕事に戻り、母娘が帰るまで仕事をした。進みは順調で、自分でも満足のいく仕上がりになった。

明日には四枚とも完成させて送れば、また新たな仕事が舞い込むかも知れない。

女性運も仕事も急激に順調になり、やはり自分にとって最も大きな幸運の女神は、義母の亜津子なのだろうと思ったのだった。

やがて亜津子と里沙も帰宅して三人で夕食を囲み、また恭一は自室に戻って仕事をした。

(今夜は、来そうもないな……)

彼は思い、眠くなるまで仕事に専念した。

里沙も、そうそう毎晩来る気にはならないだろう。だから今日は二回の射精だったが、それでも贅沢なことには違いない。

何しろ母娘が来てからオナニーしたのは、下着をオカズにした一回きりである。

それ以外は、全て生身を相手にしていたのだから何とも贅沢なことだった。

やがて恭一は仕事を切り上げ、大人しく眠りに就いたのだった。

4

「今日は午後からの出勤になったわ。任せられるスタッフがいるので」

翌朝、朝食の洗い物をしながら亜津子が恭一に言った。

すでに里沙は短大に行っていた。

だから恭一も期待に激しく勃起してしまった。今日は買い物もないようだし、昼まで充分に時間が取れるだろう。

あまり激しくすると亜津子は出勤前で疲れるかも知れないが、しかし彼女の全身からは熟れた色気が漂い、その気満々でいる様子が伝わってきた。

恭一は朝食後の歯磨きと朝シャワーを終え、下着一枚で洗面所を出た。そして自室で服を着ようと思ったら、

「恭一さん、いいかしら、来て」

亜津子が呼んだので、彼もパンツ一枚で嬉々として義母の寝室に入った。

すると彼女がいきなり恭一を抱きすくめてきたのだ。

「アア、可愛いわ。二人きりになりたくて仕方がなかったの……」

熱く息を弾ませて言う。やはり彼との行為で熟れ肌が疼き、二人になれる時を待ち望んでいたのだろう。

里沙がいるので夜に忍んでくる気にはなれないようだったから、もしかしたら今日はスタッフに無理を言って昼からの出勤にしたのではないか。

恭一はブラウス越しに感じる巨乳の感触と温もり、甘ったるい体臭を感じてピンピンに勃起していった。

ようやく彼女が抱擁を解くと、すぐにもテントを張った股間に気づいたようだ。

に向けた。
するとバネ仕掛けのように、ぶるんと肉棒が急角度にそそり立ち、砲口を彼女の顔
亜津子は言い、目の前に彼を立たせたまま膝をつき、パンツをズリ下ろした。
「まあ、すごいわ。見せてね……」

「こんなに勃《た》って……、私のこと嫌いじゃないのね」

息がかかるほど先端に顔を寄せ、幹を撫でながら言う。

「うん、亜津子さんがこの世でいちばん好き。女神様のように思ってる」

「まあ、嬉しい……」

恭一が言うと、亜津子も感極まったように熱い吐息とともに言い、とうとう先端に舌を這わせてきた。

チロチロと舌先が小刻みに左右に蠢き、尿道口が濡れると張り詰めた亀頭をパクッとくわえてくれた。

そのままモグモグとたぐるように喉の奥まで呑み込み、幹を口で丸く締め付けながら上気した頬をすぼめて吸い付いた。

舌もクチュクチュとからみついてくると、

「ああ、気持ちいい……」

恭一はガクガクと膝を震わせて喘いだ。

やがて亜津子は充分に唾液にまみれさせると、スポンと ペニスから口を離して立ち上がり、手早く服を脱ぎはじめた。恭一は足首まで下がったパンツを脱ぎ去り、先にベッドに横になると、やはり枕には亜津子の熟れた匂いが濃厚に沁み付いて鼻腔が刺激された。

亜津子は気が急くように服を脱ぎ散らかし、一糸まとわぬ姿になると性急にベッドに上ってきた。

「ね、顔に足を乗せて」

恭一は仰向けのまま言い、彼女の足首を摑んで引き寄せた。

「アア……、どうするの……」

亜津子は戸惑いながらも、屈み込んでベッドの枕元にある棚に両手を置いて体を支え、引っ張られるまま足裏を彼の顔に乗せてくれた。

彼は顔中に美熟女の足裏を受け止め、踵から土踏まずに舌を這わせながら、揃った指の間に鼻を割り込ませて嗅いだ。

「あう、大切な坊やの顔を踏むなんて……」

亜津子は身悶えながら呻き、彼が蒸れた足の匂いを貪りながら見上げると、すでに割れ目から溢れた蜜がムッチリした内腿にまで伝い流れはじめているではないか。

恭一と体験したときから、相当に我慢をし、欲求を溜め込んできたのだろう。

彼は爪先をしゃぶって味と匂いを吸収し、足を交代させて、そちらも全ての指の股を舐め回した。

「じゃ顔にしゃがんでね」

恭一が言って腰を引き寄せると、

「アア、恥ずかしいわ、こんな格好……」

亜津子も彼の顔の左右に両足を置き、棚に摑まりながら和式トイレスタイルでそろそろとしゃがみ込んでくれた。

僅かの間にすっかり恭一が積極的になったのは、亜津子以外の女性を何人も知ったからなのだが、興奮に包まれている彼女は気づかないようだった。

脚がM字になると白い内腿がムッチリと張り詰め、さらに量感を増しながら熟れた股間が鼻先に迫ってきた。

恭一はボリューム満点の眺めを見上げて豊満な腰を抱き寄せ、黒々と艶のある茂みに鼻を埋め込み、蒸れた汗とオシッコの匂いを貪った。

そして鼻腔を悩ましく刺激されながら、愛液の溢れる割れ目に舌を這わせた。

淡い酸味のヌメリが大量に流れ込み、彼は女臭に噎せ返りながら、かつて里沙が出てきた膣口を掻き回し、クリトリスまで舐め上げていった。

「あう、いい気持ち……」

亜津子がビクリと反応して呻き、キュッと股間を顔中に押しつけてきた。

彼は心地よい窒息感の中、執拗にクリトリスに吸い付いてはトロトロと滴る愛液をすすった。

さらに白く豊満な尻の真下に潜り込み、腰を抱き寄せて双丘に顔中を密着させた。

谷間の蕾に鼻を埋め込んで蒸れた匂いを貪り、舌を這わせて充分に濡らし、ヌルッと潜り込ませると、

「く……！」

亜津子が息を詰め、キュッときつく肛門で舌先を締め付けてきた。

恭一は滑らかな粘膜を探ってから、再び割れ目に戻って大量のヌメリを舐め取ってクリトリスを吸った。

「も、もうダメ……」

亜津子が声を絞り出し、股間を引き離して添い寝してきた。

彼も巨乳に顔を埋め込み、乳首に吸い付いて舌で転がし、もう片方の乳首も指で探

った。

そして両の乳首を順々に含んで舐め、もちろん腋の下にも鼻を埋め込んで濃厚に甘ったるい汗の匂いで胸を満たした。

「アア……、入れて、お願い……」

彼女がクネクネと悶えてせがんだが、身を起こそうにも力が抜けてしまっているようで、恭一が身を起こした。

股間を進め、幹に指を添えて先端を濡れた割れ目に擦り付け、ゆっくり感触を味わいながら、ヌルヌルッと滑らかに膣口に挿入していった。

「あう……、いいわ、奥まで感じる……」

深々と押し込んで股間を密着させると、亜津子がうっとりと言い、キュッときつく締め付けてきた。

恭一が温もりと感触を味わいながら身を重ねていくと、亜津子も両手を回して抱き留めてくれ、彼は遠慮なく豊満な熟れ肌にもたれかかった。

上から唇を重ねると亜津子も舌をからめ、彼は生温かな唾液に濡れて蠢く舌を味わい、熱い息で鼻腔を湿らせた。

待ち切れないように彼女がズンズンと股間を突き上げはじめると、恭一も腰を突き動かし、何とも心地よい肉襞の摩擦に絶頂を迫らせた。

「ンン……」

亜津子は熱く呻きながら互いの動きを一致させ、収縮と潤いを増してヒクヒクと悶えた。

「い、いきそうよ、いっぱい出して……」

亜津子が口を離し、淫らに唾液の糸を引きながらせがむと、彼も股間をぶつけるように激しく動いた。

鼻を寄せ、喘ぐ口から吐き出される息を嗅ぐと、悩ましい白粉臭の刺激がうっとりと胸を満たしてきた。

「ああ、いく……！」

たちまち恭一は昇り詰めてしまい、大きな快感の中で口走ると同時に、熱い大量のザーメンをドクンドクンと勢いよくほとばしらせてしまった。

「あう、もっと……、気持ちいいわ、アアーッ……！」

すると亜津子も収縮を高めて声を上げ、ガクガクと狂おしいオルガスムスの痙攣を開始したのだった。

恭一は義母の甘い吐息で鼻腔を満たし、激しい摩擦を繰り返しながら快感を噛み締め、心置きなく最後の一滴まで出し尽くしていった。

徐々に動きを弱めながら体重を預けていくと、

「ああ……」

亜津子も満足げに声を洩らし、熟れ肌の強ばりを解いていった。

彼は名残惜しげに息づく膣内に刺激され、ヒクヒクと幹を過敏に震わせ、かぐわしい吐息を嗅ぎながら、うっとりと快感の余韻を味わったのだった。

5

互いにシャワーを浴びると、亜津子は早めに昼食の仕度をしてくれた。やはり彼女も午後からの仕事があるので、二回戦目は控えたようだ。

恭一も挿絵の仕事を仕上げて送信すると、すぐにも裕美子からOKが出て、返信ではなく電話があった。

「今日、作家の先生が来るので、新宿まで出てこない？　連載の仕事を頼みたいって言うので」

「本当ですか」

「たまには外へ出た方がいいわ。一時半頃来られる？」

「分かりました。じゃ伺います」

恭一は答え、ちょうど亜津子に昼食を呼ばれた。

「僕も出かけるので、一緒に出ましょう」

彼は食事しながら亜津子に言い、仕事が増えてきたことを報告した。

「まあ、新宿へ？　じゃ途中まで一緒に行きましょうね」

亜津子も、一緒に出られることを喜ぶように答えた。

外出など、実に久々のことである。やはり多くの女性と懇《ねんご》ろになったせいか、外出することへの緊張も薄れていた。

やがて昼食を終えると彼女は洗い物を済ませ、恭一も仕度を調《ととの》えた。

そして一緒に外へ出て戸締まりをし、駅まで歩いて中央線に乗った。

「外出はどれぐらいぶり？」

隣同士に並んで座ると、すっかり出勤用のおめかしをした亜津子が甘い匂いを漂わせて訊いてきた。

「大学を辞めて以来だから、もう半年ぐらいかな」

「そう、でもお仕事が増えるのは良いことね」

亜津子も、利光から恭一の引き籠もりのことは聞いていただろうから、仕事に熱中し、こうして外に出ることを喜んでくれているようだ。

やがて亜津子は店のある吉祥寺で腰を上げた。

「じゃ夕食までには帰ってますので」

「ええ、気をつけてね」

彼女が言って降り、恭一は新宿まで一人で電車に揺られた。

乗客の女性を見るたび、その裸像がリアルに想像できた。これも、十代から二十、三十代までの女体を隅々まで知ったからだろう。

運が向いてきたのは、全てあの美しい義母が来てくれたおかげだと思った。

ようやく新宿に着いて降りると、恭一は出版社まで歩き、久々に編集部のあるビルに入った。

「あ、ちょうどいいわ。いま先生も下の喫茶室に来たって言うので一緒に」

編集部に入ると、すぐメガネ美女の裕美子が彼を見つけて言い、また恭一はエレベーターで一緒に一階まで降りた。

喫茶室に入って見回すと、奥の席で作務衣《さむえ》の男が手を振ったので、二人で向かいに座った。

男は官能作家の如月吾郎《きさらぎごろう》、六十半ばで恰幅《かっぷく》が良く、スキンヘッドに丸メガネ、恭一は名も作品も知っている。会うのは初めてなので、恭一も作ったばかりの名刺を差し出して挨拶をし、コーヒーを頼んだ。

「今回の短編の挿絵、いいよ」

吾郎が紫煙をくゆらせ、気さくに恭一に言った。

「有難うございます。ヌードは初めてなので緊張しました」

「そう、だから初々しい感じがしたんだ。若いね。いくつ？」

「二十歳です」

「そう、それならオナニー全盛期だな」

吾郎が相好《そうごう》を崩して大声で言うと、ウエイトレスがコーヒーを持って来た。

「先生、そういう言葉は小さな声で」

裕美子が囁いて窘《たしな》めたが、ウエイトレスは無表情で戻っていった。

「で、今度の連載は義母ものにしようと思うんだが、彼に挿絵を頼めるかな」

吾郎が裕美子に言った。

「ええ、橋場さんもちょうどお父様が再婚したばかりなので、ドンピシャですね」

「何、義母と住んでるのか！」

吾郎が目を丸くして恭一に訊いた。

「え、ええ……」

「新しいお母さんはいくつだ」

「三十九です」

「いい！　実にいい。じゃセックスの手ほどきはともかく、洗濯機の下着で抜き放題だな」

「先生……」

裕美子が唇に人差し指を当てて窘めたが、構わず吾郎は恭一に言った。

「で、嗅いで抜いたか」

「ええ……」

「偉い！」

吾郎は上機嫌で言い、コーヒーをすすった。

「あちちちち、よし、彼とのコンビで四十枚を八ヶ月間、連載しよう。文庫になったら表紙も彼に頼もう。いいね？」

「はい、お二人ともお願いします」

言われた裕美子が答え、二人に軽く頭を下げた。

「それで、君、橋場君、トイレとかに盗撮カメラはセットしたか」

「いえ、さすがにそれは……」

「そうか、バレて気まずくなるのもいかんしなあ。まあ残り香を嗅いだり便座に頬ずりするぐらいか」

吾郎は自分のことのように想像を巡らせて言った。あるいは話しながら、新連載の構想をまとめているのかも知れない。

もし恭一が、実は義母どころか義妹にその友人、さらに隣に座っている裕美子とまでセックスしたなどと知ったら、吾郎はどんな顔をするだろうかと思った。

もちろん彼なら怒りはせず大喜びであれこれと助言し、自分も参加させろなどと言い出すかも知れない。

とにかく恭一は、新たなジャンルでの仕事に胸を膨らませた。

「じゃ、細かなプロットは後日メールするとして、儂《わし》はこれにて」

吾郎が二本目の煙草を灰皿で消し、コーヒーを飲み干して言った。

「はい、今日はわざわざ有難うございました」

「なに、たまの上京だからあちこちの用事をいっぺんに済ませるんだ。じゃ」

吾郎は言い、席を立って喫茶室を出ていった。住まいは湘南らしく、月に一回ばかり上京するようだった。

「気さくな先生ですね」

「変態よ。飲みに行けば必ず口説《くど》くし、断るとせめてグラスに唾を垂らしてくれなんて言うし」

「へえ、何だか僕の心の師匠になりそうな人だな。それで、応じるんですか？」

「するわけないじゃない。君なら何でもしてあげるけど」

言われて、恭一は思わず股間を熱くさせてしまった。

「それで、たまの外出はどう？　早く帰りたい？」

裕美子が訊いてきた。

「いえ、たまには人混みもいいなんて思ってます」

「そう、じゃラブホも体験してみる？　どんな感じか今後の挿絵の参考のために」

「ほ、本当ですか……」

恭一は股間を疼かせて答え、気が急くように頷いた。

「じゃ行きましょう」

すると裕美子は言うなり立ち上がって急いで支払いを済ませると、恭一も一緒にビルを出た。

　そのまま歌舞伎町のラブホテル街まで歩き、一番手前の店に入った。彼女は周囲など気にせず普通の足取りだが、さすがに彼は緊張した。

　裕美子が、空室のパネルのボタンを押してフロントで支払いをし、エレベーターで三階まで上がった。

　その段取りも、恭一は一つ一つ覚え、やがて二人は密室に入った。

　中は思っていたより狭く、ダブルベッドに小さなテーブルとソファ、テレビに冷蔵庫などが機能的に配置されている。正に、カップルがセックスだけするための空間だった。

「どんな感じか、スマホに撮っておくといいわ」

「ええ」

　言われて答え、恭一はスマホで室内から洗面所、バストイレまで念入りに撮って回った。

　すると裕美子がすぐにも脱ぎはじめているので、彼も手早く全裸になり、ざっとシャワーだけ浴び、手早く放尿と歯磨きも済ませてしまった。

　戻ると、すでに裕美子は一糸まとわぬ姿でベッドに横たわっていた。しかも彼が好むのを知っているのか、メガネだけは掛けたままでいてくれた。

「撮っていいですか」

「いいわ、このポーズでいい？　色々言って」

彼がスマホを向けて言うと、裕美子も答えながら仰向けから横向き、四つん這いなど様々なポーズを取ってくれたのだった。

もう期待と興奮に彼自身はピンピンに突き立ち、やがて恭一はスマホを枕元に置くと、裕美子に迫っていったのだった。

第五章　禁断の制服で３Ｐ

1

「ああ、嬉しいわ。変態親父に会ったばかりだから、なおさら」

裕美子が身を投げ出して言い、恭一は濃く色づいている乳首に吸い付いていった。

母乳の雫は滲んでいなかったが、唇で強く乳首の芯を挟んで吸うと、うっすらと生ぬるい母乳が舌を濡らしてきた。

「ああ、また出てきた……」

「もう今日が最後ぐらいかしら……」

味わいながら言うと裕美子が答え、次第にうねうねと身悶えはじめた。

恭一は両の乳首を交互に吸い、薄甘い母乳を貪った。しかし、やはり前回ほど分泌されないので、いよいよ終わりなのだろう。

それでも濃厚に甘ったるい匂いが胸に沁み込み、彼は顔中で膨らみを味わいながら母乳を吸い、腋の下にも鼻を埋め込んでいった。

色っぽい腋毛が生ぬるく湿り、母乳よりさらに甘ったるく濃厚な汗の匂いが悩ましく鼻腔を刺激してきた。

しかも鼻を擦りつけると、腋毛が恥毛を思わせて艶《なま》めかしかった。

「いい匂い」

彼はうっとりと酔いしれながら言い、裕美子の肌を舐め降りていった。

腰骨から水着線のVの字を舐めると、かなりくすぐったいようで、

「アア……」

裕美子は熱く喘ぎ、しきりに腰をよじった。

脚を舐め降り、まばらな体毛のある脛をたどって足首まで行き、爪先に鼻を割り込ませて嗅ぐと、今日もそこは生ぬるい汗と脂にジットリ湿り、ムレムレの匂いが鼻腔を掻き回してきた。

蒸れた匂いを胸いっぱいに嗅いでからしゃぶり付き、全ての指のまたに舌を潜り込ませて味わうと、

「あう……」

裕美子がすっかり身を投げ出して呻き、唾液に濡れた指先で彼の舌を挟み付けてきた。恭一は両足とも味と匂いを貪り尽くし、やがて股を開かせて脚の内側を舐め上げていった。

そして腹這いになって股間に迫り、膝を立てさせ、左右の内腿を交互に舐めると、何やら巨大なスイカにでもかぶりついている気になった。

ムッチリした内腿を舐め、軽く歯を立てて弾力を味わい、やがて熱気と湿り気の籠もる股間に向かった。

密集した恥毛が煙り、指で陰唇を広げると、膣口からは母乳に似た白濁の本気汁が滲み出ていた。

堪らずに顔を埋め、茂みに鼻を擦りつけて嗅ぐと、悩ましく蒸れた汗とオシッコの匂いが鼻腔を刺激してきた。胸を満たしながら舌を挿し入れると、ヌラヌラした淡い酸味の愛液が迎え、彼は膣口の襞を掻き回し、大きめのクリトリスまで舐め上げていった。

「アアッ……！」

裕美子が熱く喘ぎ、内腿できつく彼の両頬を挟み付けてきた。

恭一は腰を抱え、執拗に舌を這わせ、ツンと突き立ったクリトリスを歯で刺激しては、大洪水になったヌメリをすすった。

さらに両脚を浮かせて尻に迫り、レモンの先のように僅かに突き出たピンクの蕾に鼻を埋め込み、ほのかに蒸れたビネガー臭を貪った。

密着する双丘の弾力を顔中で味わい、充分に嗅いでから舌を這わせ、ヌルッと潜り込ませた。

「く……、いい気持ち……」

裕美子が呻き、モグモグと肛門で舌先を締め付けた。彼も滑らかで淡く甘苦い粘膜を味わい、執拗に舌を出し入れさせるように動かした。

ようやく脚を下ろし、再び割れ目に顔を埋めて匂いに噎《む》せ返り、舌を這わせてヌメリを掬《すく》い取り、大きなクリトリスに吸い付いた。

「あうう、もう充分よ……」

裕美子が言って身を起こしてきたので、彼も股間を離れると入れ替わりに仰向けになった。

そして彼女が股間に顔を寄せてきたので、恭一は自ら両脚を浮かせ、両手で尻の谷間を広げた。

「ここ舐めて。僕は綺麗に洗ったので」

「そう、私のは綺麗じゃなかったのね」

言うと裕美子は答え、何と答えようかと思ううち尻の谷間をペロペロと舐められてしまった。

「あう……」

すぐに舌がヌルッと潜り込んだので、恭一は呻きながら美女の舌先を肛門で締め付けた。裕美子も中で舌を蠢かせ、出し入れさせるように動かしたので、彼は美女に犯かされた気になって幹を上下させた。

彼女は執拗に舐めてから脚を下ろし、陰嚢にしゃぶり付いて睾丸を転がし、熱い息を股間に籠もらせながら袋全体を唾液にまみれさせた。

そして顔を上げてペニスの裏側を、賞味するようにゆっくり舐め上げ、粘液の滲む尿道口をしゃぶり、そのままスッポリと喉の奥まで呑み込んでいった。

「ンン……」

裕美子は吸い付きながら熱く呻き、鼻息で恥毛をくすぐりながらクチュクチュと舌をからめてきた。

さらに顔を上下させ、濡れた口でスポスポと摩擦しはじめると、

「ああ、気持ちいい……」

恭一は快感に喘ぎ、自分からもズンズンと股間を突き上げた。

下向きなので唾液が溢れ、陰嚢の脇を伝って肛門まで生温かく流れてきた。

「い、いきそう……」

すっかり高まって口走ると、すぐに裕美子もスポンと口を離し、身を起こして前進してきた。仰向けの彼の股間に跨がり、先端に濡れた割れ目を押し当てると、性急にヌルヌルッと根元まで受け入れていった。

「アア、いい気持ち……」

股間を密着させて座り込み、裕美子が顔を仰け反らせて喘いだ。

恭一も肉襞の摩擦と温もりに包まれ、懸命に暴発を堪えた。

やがて裕美子が身を重ねてきたので、彼も両手を回して抱き留め、膝を立てて尻を支えた。

彼女はまだ動かず、屈み込んで彼の耳たぶをキュッと噛み、耳の穴までクチュクチュと舐め回してきた。

「ああ……」

唾液のヌメリ吐息の熱さを感じながら喘ぐと、裕美子はチュッチュッと彼の頬や額にキスの雨を降らせ、やがて上からピッタリと唇を重ねてきた。

舌が潜り込むと彼も絡み付け、滑らかに蠢く舌を味わった。

裕美子は、恭一が好むことを知っているので、ことさら大量にトロトロと唾液を口移しに注ぎ込んでくれ、彼もうっとりと味わい喉を潤した。

もう我慢できず、しがみつきながらズンズンと股間を突き上げはじめると、

「アア、いいわ……」

裕美子が口を離して熱く喘ぎ、収縮を強めながら合わせて腰を遣った。

熱い吐息は濃厚な花粉臭を含み、悩ましく鼻腔を刺激して胸に沁み込んできた。

溢れる愛液に動きが滑らかになり、クチュクチュと摩擦音が響いて互いの股間がビショビショになった。

互いにいったん動くと快感で夢中になり、いつしか股間をぶつけ合うように律動し続けた。

「い、いきそう……」

「いいわ、いって……」

降参するように言うと、裕美子も粗相《そそう》したように大量の愛液を漏らしながら答え、キュッキュッと締め上げてきた。

たちまち恭一は絶頂の快感に貫かれてしまい、

「い、いく、気持ちいい……！」

口走りながら、ありったけの熱いザーメンをドクンドクンと裕美子の中にほとばしらせてしまった。

「すごいわ、ああーッ……！」

噴出を感じた彼女も声を上げ、ガクガクと狂おしい痙攣を開始した。

締め付けと摩擦の中、恭一は心ゆくまで快感を味わい、最後の一滴まで出し尽くしていった。

すっかり満足しながら突き上げを弱めていくと、

「ああ……、前より気持ち良かったわ……」

裕美子も声を洩らして硬直を解き、グッタリともたれかかってきた。

やはりするごとに快感が増すのも、相性が良い証《あか》しなのだろう。

互いに動きを止めると、彼はメガネ美女の重みと温もりを受け止め、まだ息づく膣内でヒクヒクと過敏に幹を跳ね上げた。

そして彼女の火のように熱い吐息を嗅ぎ、花粉臭の刺激で鼻腔を満たしながら、うっとりと快感の余韻を味わったのだった。

「あまり長くいられないの。仕事に戻らないといけないので、続きはまた今度ね」

やがて裕美子がそろそろと身を起こして言い、

「ええ、分かりました」

恭一も答えて股間を引き離した。彼女はティッシュの処理も省略してすぐバスルームへ行き、彼もあとから入った。

裕美子は手早くシャワーを流してすぐ身体を拭き、恭一も出て身繕いをした。

慌ただしいが、僅かな時間でも出来るのが嬉しいし、かえって集中できて大きな満足が得られた。

やがてラブホテルを出ると裕美子は会社へ戻り、彼は駅に向かった。そして中央線に乗って、日が暮れる前、母娘より先に帰宅したのだった。

2

自室で恭一は、とにかく今後の仕事の計画表を立てた。

まだカットやコラムの仕事はそれほど立て込んでいないので、吾郎の連載用の挿絵も充分な余裕で取りかかれそうである。

あとは書き直しなどが無いよう、一所懸命に仕事すれば良いだろう。

やがて夜、順々に母娘が帰宅し、三人で夕食を囲んだ。

「たまの外出はどうだった？」

「ええ、気分転換には良かったです」

亜津子に訊かれて答え、彼は連載の挿絵の仕事が入ったことを報告した。

「わあ、すごいわ」

すると里沙も亜津子とともに我が事のように喜んでくれたが、まだ恭一は、官能小説の挿絵ということは言えなかった。すでに母娘とも深い仲になっているのだが、やはりエロ関係の仕事を口にするのはためらいがあったのである。

そして食事と風呂を終えると恭一は自室に戻り、母娘もあとは寝るだけとなったようだ。

今夜も何かあるかなと期待して思っていると、間もなくそっとノックされてパジャマ姿の里沙が入って来た。

「恭兄ちゃん、明日は土曜で短大がお休みなので、午前中に私と小百合さんはテニスに行ってくるわ。二人でお昼に帰ってくるので、三人で昼食にしましょう。帰りに何か買ってくるので」

「そう、分かった」

里沙が囁き、恭一が答えると、彼女は笑みを浮かべ、そのまま何もせず出ていってしまった。

明日の休日に備えて今夜は早寝するのだろう。亜津子も、娘が在宅の時は来ないだろうから、恭一も大人しく寝ることにした。

たまには盗撮画像でも見ながら自分で抜きたいとも思ったが、今はあまりに多くの生身と縁が持てるので、やはりオナニーでの射精は勿体ない。だから彼は明日に期待をし、よく眠って体力の回復に専念したのだった。

ゆっくりと睡眠を取った翌朝、恭一は母娘と朝食を済ませた。

すぐに里沙が出かけてゆき、亜津子も土日は忙しいらしく、いつもより早めに出勤していった。

一人残った恭一は順調に仕事をして、やがて昼近くになると里沙が小百合を連れて帰ってきた。

彼が部屋から出てキッチンに行くと、二人は買ってきたハンバーガーやポテト、飲み物などをテーブルに出しているところだった。

「ただいま。一緒に食べましょう」

「お帰り」

里沙に言われ、恭一も席に着いた。二人とも目いっぱい運動してきたらしく、ほんのり額も汗ばんで甘ったるい匂いをさせていた。

三人で昼食を囲み、お喋りしながら彼もファーストフードをコーラで流し込んだ。

そして食事を終えると、

「ね、あとで私のお部屋に来て。見せたいものがあるから」

里沙が目をキラキラさせて言うので、恭一も楽しみにした。

二人が奥の部屋に入ったので、その間に彼は歯磨きとシャワーを済ませ、洗濯済みのジャージの上下になって洗面所を出た。

するとと里沙が奥のドアから顔だけ覗かせ、

「来て、恭兄ちゃん」

言うので、彼もそのまま奥にある里沙の部屋に入った。

窓際にベッド、手前に学習机と本棚のある美少女の部屋に、彼は初めて入ったのである。

室内には、生ぬるく甘ったるい匂いが立ち籠めている。

しかし初めて入った感動以上に、恭一は里沙と小百合の姿に目を見張っていた。

何と里沙は、白い長袖《そで》のセーラー服、襟《えり》と袖は紺で三本の白線が入っていた。スカートも濃紺で、スカーフは白。

そして小百合の方はベールを被って十字架のペンダントを下げた、黒衣のシスタースタイルではないか。

二人とも白いソックスを履いている。

「わあ、すごい……」

恭一は感嘆の声を洩らし、美しくも清らかな二人の姿を見比べた。

里沙は、まだ高校を卒業して十ヶ月足らずだから体型も変わらず、正に女子高生そのものである。

小百合も久々に着た衣装だろうが、何とも様になっているではないか。

しかも、女子高生もシスターも神聖で、どちらも犯してはいけない禁断の雰囲気があった。里沙の制服は白と紺、小百合は白と黒のコントラストが、実に清潔感を醸し出していた。

「似合う？」

「に、似合うも何も、二人ともコスプレじゃなく本当に着ていた衣装だからね……」

恭一は、激しい興奮に包まれながら言った。

「じゃ、恭兄ちゃんは脱いで、全部」

里沙が言い、小百合も頷いているので、もう二人で段取りを決めていたようだ。

「ぼ、僕だけ脱ぐの……？」

「ええ、最後は私たちも裸になるけど、少しの間は見て雰囲気を味わいたいでしょう？」

無邪気な笑顔で言われ、恭一も激しく勃起しながらジャージ上下と下着を脱いでいった。今までで一番胸が高鳴るのは快感への期待と、それに自分だけ脱ぐという羞恥だろう。

全裸になると、ピンピンに突き立ったペニスが露わになった。

「じゃこっちに来て寝てね」

里沙が言い、彼も奥にあるベッドに横たわった。録画したかったが、そんな贅沢は言っていられない。やはり美少女の匂いの立ち籠める部屋でするのが、今は一番良いように思えた。

枕には里沙の匂い、髪やリンスや汗、涎《よだれ》や体臭の諸々がミックスされて濃厚に沁み付き、妖しく鼻腔を刺激してきた。

すると二人は、仰向けの恭一を挟むように陣取った。

「じっとしててね」

里沙が言って屈み込むと、同時に小百合も同じようにし、彼の左右の乳首にチュッと吸い付いてきたのだった。

「あう」

恭一はビクリと身を震わせて呻いた。まさか自分の人生で、二人の女性を相手にする、いや、二人に弄《もてあそ》ばれる日が来るなど夢にも思っていなかったものだ。

二人も熱い息で肌をくすぐりながらチロチロと乳首を舐め、お行儀悪く音を立てて吸い付いてくれた。

男でも、こんなに乳首が感じるというのも新鮮な発見であった。

「ああ、気持ちいい。噛んで……」

恭一がクネクネと悶えながら言うと、二人も綺麗な歯並びでキュッと両の乳首を噛んでくれた。

「あう、もっと強く……」

さらにせがむと、二人もやや強めにキュッキュッと咀嚼《そしやく》するように歯を立てた。

彼は甘美な刺激に息を弾ませ、粘液を滲ませながらピンピンに勃起したペニスを震わせた。

二人はようやく乳首から離れたが、彼の両の脇腹や下腹にも、舌だけでなく歯による愛撫も繰り返してくれた。

恭一は何やら、セーラー服とシスターの衣装に身を包んだ美しい妖怪たちに全身を食べられていくような興奮に包まれた。

そして二人は、日頃彼がしているような愛撫のパターン、つまり股間を後回しにして両脚を舐め下りていったのである。

足首まで行くと、二人は申し合わせていたように彼の足裏を舐め回し、爪先にまでしゃぶり付き、指の股に舌を割り込ませてきたのだ。

「く……、いいよ、そんなこと……」

恭一は、申し訳ない快感に身悶えながら言ったが、二人は全ての指の間に舌を潜り込ませた。別に彼を感じさせるためではなく、自分たちが好きで賞味しているかのようだった。

彼は生温かなヌカルミでも踏むような感覚の中、唾液に濡れた指先で美女たちの舌を挟み付けた。

そしてしゃぶり尽くすと二人は彼を大股開きにさせ、脚の内側を舐め上げてきたのである。内腿にもキュッと歯が食い込み、刺激を受けるたび彼はクネクネと腰をよじらせた。

二人は頰を寄せ合い、とうとう股間に迫ってきた。

すると小百合が彼の両脚を浮かせ、先にチロチロと肛門を舐めてくれた。

一つしかない場所は、やはり姉貴分の小百合が先に味わうらしい。

小百合の熱い鼻息が陰嚢をくすぐり、濡れた舌がヌルッと潜り込んできた。

3

「あう、気持ちいい……」

恭一は呻きながら、肛門で小百合の舌先をキュッと締め付けた。

彼女は中で舌を蠢かせてから、口を離すとすかさず里沙が舐め回してくれた。

同じようにヌルッと侵入してくると、やはり微妙に感触や温もりが異なり、いかにも二人に立て続けに愛撫されたという実感が湧いた。

里沙も念入りに舌を蠢かせ、そのたびに内側から刺激されたペニスがヒクヒクと上下した。

世の中に、これほど贅沢な快感を得た男は、そうはいないだろう。

ようやく里沙の舌が離れると脚が下ろされ、二人はまた頬を寄せ合い同時に陰嚢を舐め回してきた。

女同士で互いの舌が触れ合っても、レズごっこをしてきた仲だけに全く気にならないようだった。

混じり合った息が股間に熱く籠もり、彼女たちはそれぞれの睾丸を舌で転がし、袋全体はミックス唾液でヌルヌルにまみれた。

いよいよ二人が顔を上げると、ペニスの裏側と側面を二人の舌が舐め上げてきた。時に小刻みに舌先を左右に蠢かせながら、同時に先端まで来ると、粘液の滲む尿道口が交互に舐められた。

さらに張りつめた亀頭にも二人の舌が這い、

「アア……」

恭一は急激に絶頂を迫らせて喘いだ。

恐る恐る股間を見ると、セーラー服の女子高生とシスター姿の修道尼が顔を寄せ合って亀頭をしゃぶっている。

何やら美しい姉妹が一本のバナナを食べているような、あるいはレズのディープキスの間にペニスが割り込んでいるようだった。

やがて先に小百合がスッポリと喉の奥まで呑み込み、上気した頬をすぼめて吸い付いてきた。

舌をからめて吸いながらゆっくり引き抜き、スポンと口を離すと、すかさず里沙が深々と含み、クチュクチュと舌を蠢かせて吸い付いた。

ここでも、二人の口腔の温もりや感触が微妙に異なり、彼はそのどちらにも激しく高まった。

「い、いきそう……」

恭一が警告を発するように言ったが、二人は一向に愛撫を止めないので、このまま一回目は口に受けてくれるつもりらしい。

さらに交互に含まれ、スポスポと摩擦されたから、もう我慢できなかった。

「いく……、アアッ……！」

もうどちらの口に含まれているかも分からない快感の中、恭一は声を上げて激しく昇り詰めてしまった。

快感と同時に、熱い大量のザーメンがドクンドクンと勢いよくほとばしると、

「ンン……」

ちょうど含んでいた里沙が呻き、チュパッと口を離した。すぐに小百合が亀頭を含

み、余りのザーメンを吸い出してくれた。

「あうう、すごい……」

恭一は魂まで吸い取られる心地で呻き、心置きなく美女たちの口に最後の一滴まで出し尽くしてしまった。

「アア……」

声を洩らし、力を抜いてグッタリと身を投げ出すと、小百合も摩擦を止めて亀頭を含んだまま、口に飛び込んだザーメンをコクンと飲み込んでくれた。

「く……」

喉が鳴ると同時に口腔がキュッと締まり、駄目押しの快感に彼は呻いた。

ようやく小百合が口を離すと、幹をしごきながら、里沙と一緒に余りの雫の滲む尿道口を舐め回してくれた。もちろん里沙も、口に飛び込んだ濃い第一撃は飲み干していた。

「も、もういい……」

恭一はクネクネと腰をよじり、幹を過敏に震わせながら降参するように言った。

すると二人も舌を引っ込め、チロリと舌なめずりすると目を見合わせ、ようやく身を起こしていった。

「気持ち良かった？」

里沙が無邪気に訊くので、

「ああ……、すごく……」

返事もままならないほど彼は喘ぎ、いつまでも激しい動悸が治まらなかった。

「じゃ回復するまで何でもしてあげるから言ってね」

里沙が言い、その言葉だけで興奮が甦ってきた。

「足を顔に乗せて……」

「いいわ」

彼が呼吸を整えながら言うと、里沙が答え、すぐに二人は白いソックスを脱いで身を起こしてきた。

仰向けの恭一の顔の左右に、二人がスックと立ち、それを真下から見上げるのは何とも壮観だった。

セーラー服のスカートの奥から、ムッチリとした健康的な脚が伸びていた。

シスターの方は裾が長いので、足首から先しか見えない。

その二人が体を支え合い、そろそろと片方の足を浮かせ、同時に彼の顔に乗せてくれた。

「ああ……」

恭一は激しい興奮に喘ぎ、すぐにもムクムクと回復してくるのを覚えた。

二人とも午前中はテニスに熱中し、そのままシャワーも浴びていないまま来たのだろう。

足裏は生ぬるく湿り、それぞれの指の股に鼻を押し付けて嗅ぐと、どちらもムレムレの匂いが今までで一番濃厚に沁み付いていた。

嗅ぐたびに刺激が胸に満ち、さらにムクムクと回復するペニスに熱い興奮が伝わってきた。

恭一は鼻腔を満たしながら二人分の爪先にしゃぶり付き、汗と脂に湿った指の股を順々に味わっていった。

「あん、くすぐったいわ……」

指の股を舐められ、里沙が小百合にしがみついて喘いだ。バランスを崩すたび、キュッと彼の顔が容赦なく踏みつけられた。

舐め尽くすと足を交代してもらい、また彼は二人分の新鮮な味と匂いを心ゆくまで貪ることが出来た。

見上げると何と里沙は、どうせ脱ぐのだからとノーパンだった。

ではきっと小百合の方も、ノーブラとノーパンに違いない。

やがて二人の両足とも、味と匂いを貪り尽くすと彼は口を離した。

「じゃ、顔を跨いでしゃがんで」

言うと、やはり先に小百合の方が彼の顔に跨がってきた。

そして生ぬるい風を揺らめかせながら、長い裾をめくり上げていくと、スラリとした脚が付け根まで丸見えになり、すぐに小百合がしゃがみ込んできた。

和式トイレスタイルで脚がＭ字になると、白い内腿がムッチリと張り詰め、大量に愛液の溢れた割れ目が鼻先に迫り、熱気が顔中を包み込んだ。

恥毛の丘に鼻を埋め込んで嗅ぐと、熱気と湿り気が鼻腔いっぱいに広がり、濃厚に甘ったるく蒸れた汗の匂いが胸を掻き回してきた。

オシッコの匂いも混じり、やはり今までで一番濃い匂いで、嗅ぐたびに彼自身は完全に元の硬さと大きさを取り戻してしまった。

舌を這わせると淡い酸味のヌメリが滴り、彼は息づく膣口の襞を掻き回し、濡れた柔肉をたどってクリトリスまで舐め上げていった。

「アアッ……！」

ベールを被った小百合が顔を仰け反らせて熱く喘ぎ、キュッと割れ目を押し付けてきた。

恭一は味と匂いを貪り、溢れる愛液をすすって喉を潤した。

さらに裾の中に潜り込み、尻の谷間に鼻を埋め込み、蒸れた匂いを嗅いでから蕾に舌を這わせた。

「あう……」

ヌルッと潜り込ませて粘膜を探ると、小百合が呻いて肛門で舌を締め付けた。

充分に蠢かせ、ようやく舌を引き離すと、小百合がそろそろと股間を引き離し、里沙のために場所を空けてくれた。

すると里沙も跨がり、裾をめくってしゃがみ込んできた。

割れ目が鼻先に迫ると、彼はぷっくりした割れ目に鼻を埋め、恥毛に沁み付いた汗とオシッコの匂いで鼻腔を満たした。

柔肉を舐めると、やはり大量に溢れた蜜が舌の動きをヌラヌラと滑らかにさせた。

膣口からクリトリスまで舐め上げていくと、

「あん、いい気持ち……」

里沙が喘ぎ、やはりキュッと座り込んできた。

充分にクリトリスを舐めて蜜をすすり、尻の真下に潜り込むと、ベッドを降りた小百合がシスターの衣装を脱ぎはじめた。どうやらコスプレタイムは終わり、自分も全裸になりたいようだった。

ベールを脱ぐと、小百合の長い黒髪がサラリと流れた。

恭一は里沙の尻の丸みを顔中に受け、谷間の蕾に鼻を埋めて蒸れた匂いを嗅ぎ、舌を這わせて潜り込ませた。

「く……」

すると里沙が呻いて肛門を締め付けながら、自分も手早くセーラー服を脱ぎはじめていったのだった。

4

「すごい勃ってるわ。先に入れるわね……」

全裸になった小百合が言い、もう一度亀頭をしゃぶって唾液に濡らしてから、恭一の股間に跨がってきた。そして先端に濡れた割れ目を押し当て、ゆっくりと腰を沈み込ませていった。

たちまち彼自身は、ヌルヌルッと滑らかに小百合の膣内に呑み込まれた。

「アア……、いいわ……」

小百合が股間を密着させて喘ぎ、キュッときつく締め上げてきた。

恭一も、里沙の前と後ろを味わいながら、摩擦と締め付け、温もりと潤いに包まれて幹を震わせた。

しかし強烈なダブルフェラで射精したばかりだから、しばらくは暴発の心配もなさそうだった。

小百合は前にいる里沙の背にもたれかかりながら、徐々に腰を上下させ、強烈な摩擦を開始していった。

仰向けの彼の、顔と股間に美女たちが腰を下ろしているというのも、もし盗撮できたら実に艶めかしい絵になったことだろう。

「す、すぐいくわ……、アアーッ……！」

いくらも動かないうち、たちまち小百合が声を上ずらせ、ガクガクと狂おしいオルガスムスの痙攣を繰り返しはじめた。膣内の潤いと収縮も最高潮になったが、それでも彼自身は危うくならず、しっかり硬度を保ったまま小百合を果てさせることが出来たのだった。

「ああ……」

小百合が満足げに声を洩らし、動きを止めながらも、なお膣内をキュッキュッと締め付けていた。

彼女がグッタリとなると、里沙が股間を引き離し、小百合もゴロリと横になっていった。里沙はベッドを降りて乱れたスカートを脱ぎ去り、完全に一糸まとわぬ姿になって彼の股間に跨がってきた。

そして小百合の愛液にまみれ、湯気さえ立っている先端に割れ目を押し当て、ヌルヌルッと滑らかに受け入れていったのである。

「アアッ……、気持ちいい……」

里沙も根元まで納めて股間を密着させ、顔を仰け反らせて喘いだ。

恭一は、小百合と異なる温もりと感触を味わい、里沙を抱き寄せた。

両膝を立てて尻を支え、潜り込むようにして乳首に吸い付き、顔中で膨らみを味わって舐め回した。

さらに、満足げに放心している小百合も引き寄せ、その乳首に吸い付いた。

やはり平等に、全て同じように味わいたかったのだ。

二人分の乳首を順々に含んで舐め、さらに腋の下にも鼻を埋め、濃厚に甘ったるい汗の匂いに噎せ返った。

どちらも腋はジットリ湿り、濃い体臭を籠もらせていた。

しかも二人分いっぺんとなると、さらにその匂いは濃厚に鼻腔を刺激した。

「ああ、何だか、いきそう……」

徐々に里沙が腰を動かしはじめ、摩擦快感に熱く喘いだ。

すでに挿入の違和感はなく、まして小百合の激しいオルガスムスを目《ま》の当たりにしたので気持ちも高まっているのだろう。

それに小百合のバイブも借り、通常の処女よりずっと早く膣感覚に目覚めていてもおかしくはなかった。

恭一も、二人分の濃厚な体臭で胸を満たしてから、ズンズンと股間を突き上げはじめ、何とも心地よい摩擦快感と締め付けに高まっていった。

下から里沙の顔を引き寄せ、ピッタリと唇を重ねていくと、横から小百合も顔を割り込ませてきた。

やはり対抗意識を燃やしたか、自分も同じように味わいたいのだろう。

三人で顔を突き合わせて舌をからめると、二人の濃厚に混じり合った息で彼の顔と鼻腔が生温かく湿った。

それぞれに伸ばされた舌をチロチロと味わい、恭一はミックス唾液をすすって味わいながら次第に突き上げを強めていった。

どちらの舌も温かな唾液に濡れて滑らかに蠢き、二人分を一度に味わえるのは何とも贅沢なことだと思った。

「アアッ……、すごくいい気持ち……」

里沙が口を離して喘ぎ、収縮と潤いを増していった。

彼は美少女の喘ぐ口に鼻を押し付け、熱く湿り気ある吐息を胸いっぱいに嗅いだ。

濃厚に甘酸っぱい果実臭に、コーラやファーストフードの成分が悩ましく混じって鼻腔が刺激された。

小百合の顔も抱き寄せて開いた口を嗅ぐと、やはりシナモン臭に里沙と同じ成分が混じり、恭一は二人分の濃い匂いで激しく昇り詰めてしまった。

「い、いく……！」

彼は口走り、二度目の絶頂快感に喘ぎながら、熱いザーメンをドクンドクンと勢いよく注入した。

「あ、熱いわ、感じる……、アアーッ……！」

噴出を受けた里沙も声を上ずらせ、たちまちガクガクと本格的な膣感覚によるオルガスムスに達したようだった。

収縮が最高潮になり、彼は快感の中、美少女を果てさせた満足感の中で、心置きなく最後の一滴まで出し尽くしていった。

「ああ、いけたのね……」

小百合も満足げに言い、里沙の背中を撫でてやっていた。

すっかり満足した恭一は徐々に突き上げを弱めてゆき、グッタリと身を投げ出していった。

「ああ……、まだヒクヒクする……」

里沙も声を震わせながら、肌の硬直を解いて力を抜き、遠慮なく彼にもたれかかってきた。

まだ膣内はキュッキュッときつい締め付けを繰り返し、彼自身も内部でヒクヒクと過敏に跳ね上がった。そして完全に動きを止めると、恭一は二人分の混じり合った悩ましく濃厚な吐息で鼻腔を満たしながら、うっとりと快感の余韻に浸り込んでいったのだった。

上からは里沙の重みを感じ、横からも小百合が密着して、恭一は二人分の温もりと感触を心ゆくまで味わった。

やがて里沙が、そろそろと股間を引き離し、小百合とは反対側にゴロリと横になった。恭一は二人に左右から挟まれながら呼吸を整えていたが、すっかり息を吹き返している小百合が身を起こし、彼の股間に屈み込んできた。

そして愛液とザーメンにまみれた亀頭にしゃぶり付き、舌で綺麗にしてくれたのである。

「あう……」

彼はクネクネと腰をよじって呻き、舌のヌメリに翻弄《ほんろう》されているうち、過敏な時期を超えるとムクムクと回復していった。

やはりとびきりの美少女と美女がいるのだから、二回の射精で治まるはずもない。

相手が二人だと、快復力も倍になっているようだった。

ようやく小百合がチュパッと口を離すと、

「ね、また勃ったけど、少し休憩してシャワー浴びたいわ。もう匂いを消してもいいわね？」

言って顔を起こした。やはり彼の性癖を里沙から聞き、テニスのあとも我慢して体を流さないでいてくれたようだ。

すると里沙もノロノロと身を起こしてきたので、恭一もベッドから降り、三人で全裸のまま部屋を出た。

バスルームに移動し、シャワーの湯で三人は全身を洗い流した。

もちろん回復している恭一は、バスルームなので例のものを欲してしまった。

「二人立って、両側から肩を跨いで」

恭一はバスマットに腰を下ろしながら言うと、二人も立ち上がり、彼の左右の肩に跨がり、顔に股間を突き出してくれた。

「オシッコかけてね」

ピンピンに勃起しながらせがむと、二人も息を詰め、下腹に力を入れながら競い合うように尿意を高めはじめてくれた。

彼は左右に顔を向け、それぞれの割れ目を舐めると匂いは薄れたが、二人ともまだ淫気満々らしく新たな愛液が溢れてきた。

そして先に小百合の割れ目内部が妖しく蠢いて、温もりが変化した。

「あう、出るわ……」

小百合がか細く言うなり、チョロチョロと熱い流れがほとばしってきた。

恭一は口に受けて味わい、喉に流し込むと、反対側の肩にも里沙のオシッコが滴ってきた。

「出ちゃう……」

里沙も言い、勢いが付いてくると恭一はそちらにも顔を向けて口に受け入れ、喉を潤していった。

どちらも味も匂いも淡いものだが、さすがに二人分となると鼻腔が刺激され、しかも肌にも浴びているので、彼は熱いシャワーに酔いしれながら我慢できないほど興奮を高めていったのだった。

5

「ああ……、気持ちいいわ……」

小百合が、ゆるゆると放尿をしながら息を弾ませた。流れも多く、ことさら恭一の顔にかかるよう股間を突き出してくれた。

里沙も勢いを付けて恭一に浴びせ、彼も二人分のオシッコを顔や全身に受けながらうっとりとなった。

ようやく二人の勢いが弱まり、完全に流れが治まると、恭一はそれぞれの割れ目を舐めて余りの雫をすすり、残り香の中で舌を這い回らせた。

「あう、感じる……」

里沙が呻き、ビクッと股間を引き離してしまった。

すると小百合もしゃがみ込み、彼をバスマットに横たえた。

「ね、今度は私の中に出して」

小百合が言う。さっきは高まる淫気であっという間に果ててしまったが、やはり女性も、中に射精されると快感が増すものらしい。

「私はもう、今日は入れるのは充分」

里沙は言い、仰向けになった恭一に二人で左右から挟み付けてきた。

屈み込んで顔を寄せ合うと、また二人で同時に亀頭にしゃぶり付いてくれた。

「ああ……」

恭一は快感に喘ぎ、二人分の滑らかな舌を亀頭に感じた。

股間に熱い息が混じって籠もり、二人が交互に含んでしゃぶるので、彼自身は生温かなミックス唾液にまみれて震えた。

やがて彼が危うくなる前に、小百合が身を起こして跨がると、里沙は場所を空けて添い寝してきた。

割れ目を先端に押し当てると、彼女は息を詰めてゆっくり座り込んだ。

たちまちペニスはヌルヌルッと肉襞の摩擦を受けて根元まで没し、小百合も完全に股間を密着させ、キュッと締め上げてきた。

「アア……、いい気持ち……」

小百合が顔を仰け反らせて言い、身を起こしたまま脚をＭ字にさせ、スクワットするように腰を上下させ、強烈な摩擦を開始した。

恭一も激しい快感に包まれたが、すでに二回射精しているので暴発の心配はなく、じっくりと感触を味わうことが出来た。

添い寝した里沙が彼の耳を舐め回しはじめると、小百合も身を重ね、反対側の耳たぶを嚙み、耳の穴に舌を挿し入れて蠢かせた。

両耳に彼女たちの舌が潜り込むと、聞こえるのはクチュクチュという蠢きと生温かく湿った唾液の音だけで、何やら彼は二人に頭の内部まで舐められているような気になった。

さらに小百合が腰を動かし、恭一もズンズンと股間を突き上げると、二人は耳から彼の左右の頰を舐めてくれた。

「ああ、嚙んで……」

興奮を高めて言うと、二人も大きく口を開き、綺麗な歯並びで両の頰を甘く嚙んでくれた。

「いっぱい唾を飲ませて……」

さらにせがむと、二人もたっぷりと唾液を口に溜めて交互に迫り、グジューッと大量の唾液を吐き出してくれた。彼は生温かく小泡の多いミックス唾液を味わい、うっとりと喉を潤して酔いしれた。

「顔中にも吐きかけてヌルヌルにして」

言うと二人も息を吸い込んで止め、唇をすぼめて迫ると、続けざまにペッと強く吐きかけてくれた。

「アア、気持ちいい……」

恭一は突き上げを強めて高まり、二人分の唾液と吐息を顔中に受け止めた。さらに二人は言われる前に、唾液を吐き出しながら舌で彼の顔中に塗り付け、ヌルヌルにまみれさせてくれた。

シャワーで身体は流しても、吐息はさっきと同じ濃厚な匂いを含んでいる。

彼は二人の顔を引き寄せ、何度も息を吐きかけてもらった。

里沙の果実臭と、小百合のシナモン臭が左右の鼻の穴から入って中で混じり合い、甘美な興奮とともに胸に沁み込んでいった。

「ね、空気を呑み込んでゲップしてみて」

さらにフェチックな要求をすると、二人も素直に空気を呑み込んでは息を詰めて気を高め、やがて代わる代わる彼の鼻に口を寄せ、ケフッと愛らしいおくびを吐きかけてくれた。

果実臭とシナモン臭に、生臭く発酵したファーストフードの匂いも混じって悩ましく鼻腔を掻き回してきた。

「ああ、いい匂い……」

恭一は胸を満たしながら、急激に絶頂を迫らせていった。

「いい匂いのわけないわ。人の胃の中の気体なんだから」

「でも、中ですごく大きくなって悦んでるわ……」

二人は囁き合い、小百合は収縮を強めていった。

「アア、いきそう……」

彼女が喘ぐと、とうとう恭一も二人分の匂いと肉襞の摩擦に包まれて絶頂に達してしまった。

「いく……！」

突き上がる快感に呻き、ありったけの熱いザーメンをドクンドクンと勢いよく注入すると、

「あう、すごい……、アアーッ……！」

噴出を感じた小百合も声を上げ、ガクガクと狂おしいオルガスムスの痙攣を繰り返したのだった。

その絶頂は、さっき以上の激しさで、小百合は彼の上で乱れに乱れ、粗相したように大量の熱い愛液で互いの股間をビショビショにさせた。

恭一も快感を噛み締め、心置きなく最後の一滴まで出し尽くすと、すっかり満足して突き上げを弱めていった。

「ああ……、良かった……」

小百合も力を抜いてグッタリともたれかかり、深い満足の中でヒクヒクと身を震わせていた。どうやらさっきの性急な絶頂は、ほんの下地のようなものだったのかも知れない。

息づく膣内で、彼自身はピクンと過敏に跳ね上がり、恭一は二人分のかぐわしい吐息を間近に嗅ぎながら、うっとりと余韻を味わったのだった。

小百合が身を起こし、股間を離してシャワーを浴びると、里沙と彼も起き上がって体を洗い流した。

そして三人で身体を拭いて脱衣所を出ると、里沙の部屋に戻って身繕いをした。

里沙はセーラー服をロッカーにしまって私服に着替え、小百合はシスターの衣装をバッグに入れて自分の服を着た。

「じゃ私は帰るので、また今度ね」

「ええ、私も本屋へ行くので駅まで一緒に」

二人が言って出ていったので、一人残った恭一は自室に戻った。

仕事を進めようかと思ったが、あまりに３Ｐが強烈で、まだセーラー服とシスターの余韻が残り、彼はジャージ姿のままベッドに横になり、そのまま夕方までぐっすり眠ってしまったのだった。

先に里沙が帰宅したようで、続いて亜津子が帰ってくると、ようやく恭一は目を覚まして起き上がった。

するとメールが入っているので見ると、裕美子からだった。

『明日は湘南まで夕食に行くのだけど、如月先生が橋場さんもどうかって誘ってるからどう？　私は、一緒に来てくれる方が有難いわ』

そう書かれていたので、恭一も承諾の返信をしておいた。

二人きりだと、またあれこれ吾郎に口説かれるのが面倒なのだろう。

それに吾郎も恭一を気に入ってくれて誘ってきたのなら、たまには遠出も良いと思った。

やがて夕食に呼ばれたのでキッチンに行き、彼は亜津子に明晩の夕食は要《い》らないことを伝えておいた。

「そう、湘南まで行くの。でも終電までには帰ってくるわね？」

「ええ、もちろんです。夕食だけで引き上げるつもりなので」

「でも作家の先生に呼ばれるなら、是非顔を出しておいた方がいいわね」

亜津子も言ってくれたが、まだ官能作家ということは言っていない。

「なんて先生？」

「如月吾郎」

里沙が訊くので答えたら、彼女はすぐスマホで検索してしまった。

「まあ、ずいぶん多くの本を出してるけど、エッチなタイトルばかり」

「う、うん、そうした方面の先生だから」

里沙に答えたが、特に亜津子の方は気にしていないように食事を続けていた。

やがて夕食を済ませると恭一は自室に引き上げ、少しだけ仕事を進めておいた。

昼間あまりに強烈な3Pをしたため、もちろん今夜はもう里沙が忍んでくることもなかった。

恭一は昼寝したから眠れるかどうか心配だったが、結局ぐっすり眠ってしまったのだった。

そして翌朝、いつもと同じ時間に起き、亜津子と里沙が出ていき、彼は午後まで仕事をした。時間になると恭一は仕度をし、家の戸締まりをして中央線で新宿まで出ると、時間通りに裕美子とホームで落ち合い、一緒にロマンスカーで藤沢まで行ったのだった。

第六章　義母の蜜に溺れて

1

「一緒に来てくれて嬉しいわ。二人きりだと先生イヤらしいから」

ロマンスカーで隣り合わせに座り、裕美子が恭一に言った。

「ええ、でも僕はあの先生好きです。作品もフェチックで僕好みだし」

彼は答え、裕美子越しに車窓を流れる景色を眺め、少し緊張した。

何しろ今まで家から新宿までが限界で、さらなる遠出は父との熱海旅行以来数年ぶりのことだったのだ。

するとと裕美子が、彼の緊張を察したように言った。彼女もまた、恭一が長く引き籠もりだったことを知っているのだ。

「大丈夫？　久々の遠出だろうからパニックとか起こさないでね」

「ええ、心配ないです」

恭一は答え、これも多くの女性を知ったおかげだと彼は思った。

やがて小一時間で藤沢に着き、あとは徒歩で吾郎の家まで行った。吾郎は一人暮らしで広い書斎を持ち、まずは仕事場を見せてもらい、恭一は何冊か彼の文庫本をもらった。

そして新連載の打ち合わせを短く済ませると、三人で駅近くにあるワイン酒場まで歩いた。吾郎は作務衣姿のままだ。

行きつけの店らしく、まず吾郎と裕美子は生ビールのジョッキで、恭一はグラスビールで乾杯した。行きつけの店らしく、吾郎はメニューも見ずにいくつかの洋食を注文し、やがて赤ワインに切り替えた。

「近々連載一回目の原稿が仕上がるから、送り次第、彼にも送信して、すぐ挿絵にかかってもらいたい」

「はい、分かりました。楽しみです」

「うん、前回の短編の挿絵が気に入ったから、もうあれこれ言わなくても大丈夫だろうと思う」

吾郎は言い、すっかり恭一の絵の出来映えを信頼しているようだった。

恭一も少しだけワインを飲み、料理を摘むうち次第に良い気分になってきた。

飲む習慣はないが元々下戸《げこ》ではないし、父もアルコールは好む方だ。美大時代にも何度か仲間たちと居酒屋に行き、量は多く飲めないが、それなりに楽しむことも知っていたのである。

吾郎の方も終始上機嫌で、裕美子がトイレに立つと、

「拭いた紙を持って来てね」

とか、

「グラスに唾垂らして」

などと彼女にせがみ、そのたびに、

「ダメです！」

と、きっぱり言われていた。もちろん本気で望んでいるのだろうが、断られたにしても、彼は女性とのそうした会話を楽しんでいるようだった。

もっとも、恭一も女性たちに、唾やオシッコを求めるようになっているのだから、自分もいずれ吾郎のような大人になるのかも知れないと思った。

吾郎は酒が進むと仕事の話は一切しなくなった。それで最初はわざわざ自宅に招い

て仕事の打ち合わせを済ませたのだろう。

やがてワインも料理も空《から》になると、裕美子が精算し、もう一軒行くことになった。

今度は着飾った女性が何人かいる行きつけのクラブで、そこは吾郎が支払うことになっているらしい。

他の客はおらず空《す》いていて、三人はママや女性たちに囲まれ、恭一は薄目の水割りを飲んだ。

「君はクリと膣とどっちが感じるんだね？」

吾郎はホステスにそんなことを訊き、彼女が、

「どちらかというと膣です」

などと答えようものなら、

「それはチツとも知らなかったなあ」

などと親父ギャグを連発していた。話題も変態ぽかったが、クラブの女性たちに無断で触るようなことはなく、基本的に明るく楽しい酒であった。

恭一は、いずれ自分もこういう店に来たいと思うのだった。

そして九時を回ると裕美子が腰を上げた。

「じゃ私たちはそろそろ」

彼女が言うので恭一も席を立つと、吾郎もしつこく引き留めるようなことはなかった。彼は残って閉店時間まで飲むらしい。

「じゃ今後ともよろしく。橋場君、遠いところお疲れさん」

吾郎が言って見送り、二人は一礼してクラブを出た。

そして藤沢駅から、今度は東海道線の上りに乗った。出版社は新宿だが、裕美子の自宅は新橋から地下鉄で移動するのである。

グリーン車に乗り、二人は車両の一番後ろの席に並んで座った。もちろん女性は、来たときと同じ窓際だ。

グリーン車はガラガラに空いていた。

「橋場さんも楽しかったようで安心したわ」

「ええ、先生に会ってからは、まるで緊張せずに過ごせました」

裕美子から漂う、ほのかな匂いを感じながら恭一は答えた。

酔いもそれほどではなく、むしろ彼女の匂いに股間を熱くさせるぐらいの余裕はあった。

「先生も、普段よりずっと変態のレベルは下げていたようだわ。きっと君には、初歩から順々に教えていきたいんじゃないかしら」

彼女が言う。どこが気に入られたものか、恭一も今度は吾郎と二人で変態話などしてみたいと思うのだった。

「ね、他に誰もいないから唾を飲ませて……」

大船を過ぎると彼は、ムクムクと勃起しながら思い切って言ってみた。

「うん、君ならいいわ」

すると裕美子がすぐに答えて顔を向け、さらに彼の頬に手を当てて自分の方に向かせた。

メガネを掛けた白い顔が近々と迫ると、ピッタリと唇が触れ合い、ヌルリと舌が潜り込んできた。恭一も舌をからめると、裕美子は口移しにトロトロと唾液を送り込んでくれた。

生温かく小泡の多い唾液を味わい、彼はうっとりと喉を潤し、甘美な悦びで胸を満たしながら、どんな美酒より旨《うま》いと思った。

さらに執拗に舌をからめていると、痛いほど股間が突っ張ってきてしまった。

裕美子も息苦しくなったように、唾液の糸を引いて口を離した。

「アア、我慢できなくなりそう。でもまた今度ゆっくりとね」

さすがに車内だから、裕美子も自分に言い聞かせるように囁いた。

その開いた口に鼻を押し当てて吐息を嗅ぐと、彼女本来の濃厚な花粉臭にアルコールの香気が混じり、もわっと熱気が鼻腔を満たしてきた。

「ああ、突っ張って痛い……」

恭一は激しく興奮しながら、大胆にもファスナーを下ろし、勃起したペニスを引っ張り出してしまった。これもほろ酔いだからかも知れない。

そして上着を脱ぎ、膝掛けのようにしていつでも隠せるようにしておいた。

「まあ、こんなに勃《た》って……」

裕美子も目を見張って言い、しなやかな指で幹を撫で、生温かな手のひらでやんわりと包み込んでくれた。

「ね、裕美子さんのアソコ舐めたい……」

「無理よ、こんなところで」

「じゃせめてオッパイだけでも」

言うと彼女はいったんペニスから手を離し、周囲を確認しながらブラウスのボタンを外すと、ブラをずらして乳首を引っ張り出してくれた。

彼は吸い付き、甘ったるい体臭を感じながらコリコリする乳首を舌で転がした。

「ああ……、もういいでしょう……」

裕美子は喘ぎ、懸命に自分と戦いながら彼の顔を引き離した。

「もうミルクが出ない……」

「ええ、もう完全に上がったわ。今日から乳漏れパットもしなくなったし」

物足りなげに彼が言うと、裕美子は答えながらブラを直し、元通りブラウスのボタンを嵌《は》めてしまった。

さらに彼は裕美子のブラウスの腋の下に鼻を埋め込み、繊維に沁み付いた甘ったるい汗の匂いで鼻腔を満たしたのだった。

やがて戸塚を過ぎると、またしばらく横浜まで時間がかかり、他の客は誰も乗ってこなかった。

「ね、お口でして」

「ずいぶん言うようになったのね。先生が乗り移ったみたい」

恭一がせがむと裕美子は言い、それでも彼の股間に顔を寄せてきた。

幹を指で支え、尿道口をチロチロと舐め、熱い息を股間に籠もらせながら、張り詰めた亀頭もしゃぶってくれた。

「ああ、気持ちいい……」

恭一は快感に喘ぎ、ヒクヒクと幹を震わせた。

やがて横浜駅に着いたので裕美子が顔を上げ、彼は上着で股間を隠した。

それでも幸い誰も乗ってこず、また走り出すと、ためらいなく裕美子も愛撫を再開してくれた。

彼女も、恭一が射精するまで終わらないと察してくれたのかも知れない。

物売りのアテンダントは来ないし、車掌も一度見回りに来ただけだ。

裕美子はスッポリと喉の奥まで呑み込み、舌をからめながらスポスポと摩擦しはじめてくれたのだった。

2

「ああ、いきそう……」

恭一は、すっかり高まりながら喘いだ。

もう川崎も過ぎ、電車は品川に近づいている。何度か彼はフェラを中断させては、裕美子の熱く悩ましい吐息を嗅ぎ、唾液を飲ませてもらい舌をからめながら絶頂を迫らせていった。

「ね、足の指嗅ぎたい」

「脱ぐの面倒だから、パンストのままならいいわ」

言うと彼女は答え、パンプスだけ脱ぐと片方の足を膝に乗せてくれ、恭一は屈み込んだ。

爪先に鼻を埋めると、ストッキングの繊維に沁み付いた、湿った汗と脂の匂いが蒸れて鼻腔を刺激してきた。

「ああ、いい匂い……」

恭一は、うっとりと嗅ぎながら言い、やがて顔を上げると裕美子も足を下ろしてパンプスを履いた。

そして品川に停車していったん離れ、また動き出すと裕美子はいよいよ本格的に口で強烈な摩擦を再開してくれた。

もし途中で乗客が入ってきたら、もっと早く射精しておけば良かったと悔やんだだろうが、最後に新橋に向かうまで他には誰も来なかったのだった。

裕美子もリズミカルな摩擦をし、クチュクチュと淫らに湿った音を立てて貪り続けてくれた。

「い、いく……！」

とうとう恭一は昇り詰めて口走り、激しい絶頂の快感に幹を震わせながら、ドクンドクンと熱いザーメンを勢いよくほとばしらせてしまった。

まさか、本日一回目の射精を車内でするとは夢にも思わなかったものだ。それだけでも、久々の遠出をして良かったと思った。

そしてまだクラブで飲んでいるであろう吾郎も、こんなことになっているなどとは夢にも思っていないだろう。

「ンン……」

喉の奥を直撃され、裕美子が小さく呻きながらも、摩擦と吸引、舌の蠢きは続行してくれた。

恭一はシートにもたれかかりながら心ゆくまで快感を嚙み締め、揺れの中で最後の一滴まで出し尽くしていった。

満足しながら肌の強ばりを解いていくと、裕美子も摩擦を止め、亀頭を含んだまま口の中のザーメンをゴクリと飲み込んでくれた。

「く……」

恭一は締まる口腔の刺激に呻き、駄目押しの快感を得た。

ようやく裕美子も口を離し、なおも幹を指でしごきながら、尿道口に脹らむ白濁の雫までペロペロと丁寧に舐め取ってくれたのだった。

「あうう、も、もういいです、有難うございました……」

律儀に言って過敏に幹を震わせると、彼女も舌を引っ込めて身を起こした。

恭一はまだ荒い息遣いと動悸を繰り返し、うっとりと余韻を味わいながら手早くペニスをしまい、ファスナーを上げた。

裕美子もチロリと舌なめずりし、興奮に頰を上気させていた。

「こんな場所でなんて初めてよ……」

「ええ、僕ももちろん家以外では初めてです。でも、すごく良かった。まだドキドキしてます……」

恭一は身を投げ出し、呼吸を整えながら言った。

すると、間もなく新橋というアナウンスがあり、電車が減速しはじめた。

「じゃ、また今度ゆっくりしましょうね。また連絡するわ」

裕美子が言い、バッグを持って立ち上がった。

「ええ、じゃ気をつけて。お疲れ様でした」

彼も答え、やがて停車すると裕美子は手を振って降りていった。すると入れ替わりに、何人かの乗客が入って来たのである。

（ああ、なんてラッキーだったんだ……）

恭一は思い、満足感の中でシートにもたれた。

そして一駅で東京に着き、彼は降りて中央線に乗り換えた。

始発だから座ることが出来、恭一は走り出すと同時にスマホを出し、いま東京駅を発車したと亜津子にラインしておいた。

気をつけて帰ってね、とすぐ亜津子から返信が入った。

さらに珍しいことに、海外にいる父の利光からもメールが入っていたのだ。母娘と上手くやっているかという短いものだったが、彼も元気で上手くやっていると返信しておいた。

スマホを仕舞うと、恭一は電車に揺られながら眠くなるのを堪え、やがて新宿や吉祥寺を過ぎ、乗り過ごすことなく最寄り駅に到着して降りた。

歩いて家まで帰ると玄関の灯りが点いて鍵は開いており、中に入ると頃合いを見計らっていたように亜津子が出てきた。

「お帰りなさい。酔ってない？」

「ええ、大丈夫です。でも眠いのですぐ休みますね」

亜津子に言われ、彼は答えながらドアをロックした。

彼女も、元気そうに恭一が帰宅したので安心したようだ。里沙は、もう部屋で眠っているらしい。

恭一は水を一杯飲んでから、亜津子に挨拶して自室に入った。

亜津子も、すぐ灯りを消して寝室に引き上げたようだ。

（すごい体験だったな……）

彼は思い、もちろん今夜は仕事などせず、服を脱いでベッドに横になった。

今日は一回だけの射精だが、充実した気分で、ぐっすり眠ったのだった。

翌朝、いつものように起きた恭一は顔を洗ってキッチンに行くと、亜津子が朝食の仕度をしていた。

「里沙ちゃんは？」

「今日は講義が午後からだって言うので、ゆっくり寝ているわ」

「そう……」

「それに今夜は、小百合さんの家に泊まるんだって」

亜津子が言い、では今夜は義母と二人きりの夜だと思い、早くも期待に股間が疼いてきてしまった。

やがて食事を終えると、亜津子は出勤していった。

恭一はトイレとシャワーと歯磨きを終え、激しく興奮しながら、そろそろと奥にある里沙の部屋へ行ってしまった。

今夜は亜津子との濃厚な夜があるのだが、やはり里沙と二人きりだと言いようのない興奮が湧いてしまった。

それに午後一人きりなら、昼寝してゆっくり体力を回復することが出来る。仕事も吾郎の原稿が来るまでは暇だった。

そっとノックして部屋に入ってみると、里沙はベッドに横になり軽やかな寝息を立て、無邪気な寝顔を見せていた。室内は、いつになく濃厚な思春期の匂いが生ぬるく立ち籠めている。

恭一は前屈みになるほど、ピンピンに勃起してしまった。

小百合との3Pは夢のように楽しかったが、あれはスポーツのように明るいものだから淫靡さには欠け、やはり秘め事は一対一の密室に限ると思った。

すると気配に気づいたように、里沙が目を開いた。

「あ、恭兄ちゃん……」

寝ぼけたような声で言い、それでも迷惑そうな様子は見せなかった。

「ママは？」

「さっき出かけた」

「そう、じゃ一緒に寝て」

里沙が徐々に目を覚まして言うので、彼も嬉々として手早く全裸になり、彼女の隣に滑り込んでいった。

すると彼女も、すぐに布団の中でモゾモゾとパジャマの上下を脱いでしまい、下着と一緒に丸めて外に出したのだった。

3

「アア、嬉しい……」

恭一は言いながら、腕枕してもらい肌を密着させた。天使のような美少女に甘えるのも心地よいもので、里沙もまたお姉さんにでもなったように優しく彼の髪を撫でてくれた。

腋の下に鼻を埋めて嗅ぐと、一晩中のうちに沁み付いた汗の湿り気が甘ったるく胸を満たしてきた。

また上から吐きかけられる息も、寝起きのため甘酸っぱい果実臭が濃厚になって、悩ましく鼻腔を刺激してきた。

恭一は鼻先にある乳首にチュッと吸い付き、舌で転がしながら顔中で膨らみを味わい、もう片方の乳首も指で探った。

「あん……」

里沙がビクリと反応して喘ぎ、すっかり完全に目を覚ましたように布団を剝《は》いでいった。

彼は里沙を仰向けにさせてのしかかり、左右の乳首を交互に含んで舐め回し、腋の下にも鼻を埋め込んで美少女の生ぬるい体臭を貪った。

滑らかな肌を舐め降り、縦長の臍を探り、腰から脚を舌でたどっていった。

スベスベの脚を舐めて足裏にも舌を這わせ、縮こまった指に鼻を割り込ませると、ここも一晩中で沁み付いた汗と脂に湿り、蒸れた匂いが濃く沁み付いて鼻腔を刺激してきた。

匂いを貪ってから爪先をしゃぶり、全ての指の股に舌を挿し入れて味わうと、

「あう……、くすぐったいわ……」

里沙がクネクネと悶えて声を洩らした。

彼女もまた、３Ｐとは違う一対一のドキドキ感を味わっているようだ。

両足とも味と匂いを味わい尽くすと、恭一は里沙を大股開きにさせ、脚の内側を舐

め上げた。白くムッチリとした内腿を舐め、思い切り嚙んで弾力を味わいたい衝動を抑え、軽く歯を立ててから股間に迫った。

はみ出した割れ目は、すでに清らかな蜜が溢れている。

恭一は顔を埋め込み、柔らかな若草に鼻を擦りつけて嗅ぎ、汗とオシッコの蒸れた匂いを貪った。

舌を挿し入れ、ヌメリに合わせて膣口の襞をクチュクチュ掻き回し、小粒のクリトリスまでゆっくり舐め上げていくと、

「アアッ……、いい気持ち……」

里沙が顔を仰け反らせて喘ぎ、内腿で彼の顔を挟み付けてきた。

恭一は一晩中で沁み付いた匂いで鼻腔を刺激されながらチロチロと執拗にクリトリスを舐めては、新たに溢れてくるヌメリをすすった。

さらに両脚を浮かせ、尻の谷間に鼻を埋め込み、顔中で双丘の弾力を味わいながら蒸れた匂いを貪り、舌を這わせてヌルッと潜り込ませた。

「く……」

里沙が呻き、肛門でキュッと舌先を締め付けた。

彼は舌を蠢かせ、滑らかな粘膜を味わい、やがて脚を下ろすと再び割れ目に顔を埋

めてクリトリスに吸い付いた。

「も、もうダメ……」

里沙が腰をよじらせて言い、絶頂を迫らせたように身を起こしてきた。

恭一も股間から離れて仰向けになると、彼女が移動して股間に腹這いになり、ペニスに顔を寄せてきた。

彼女は舌を伸ばして肉棒の裏側を舐め上げ、滑らかな舌が先端に来ると、幹を支えて粘液の滲む尿道口をチロチロと舐め回してくれた。

「ああ、気持ちいい……」

恭一が幹を震わせて喘ぐと、里沙は張り詰めた亀頭をくわえ、モグモグと喉の奥まで呑み込んでいった。

温かく濡れた美少女の口腔に深々と含まれ、舌がクチュクチュとからみつくと彼自身は清らかな唾液にまみれた。

ズンズンと股間を突き上げはじめると、

「ンン……」

喉の奥を突かれた里沙が小さく呻き、熱い鼻息で恥毛をくすぐりながら、自分も顔を上下させてスポスポと摩擦してくれた。

リズミカルな動きばかりでなく、時に根元まで含むと笑窪の浮かぶ頬をすぼめてチューーッと吸い付いたり、たっぷりと唾液を出して舌を蠢かせたり、彼女も徐々に様々なテクニックを駆使しはじめていた。

溢れる唾液が生温かく陰嚢を濡らし、たちまち恭一は絶頂を迫らせていった。

「い、いきそう、跨いで……」

彼が息を詰めて言うと、すぐに里沙もチュパッと音を立てて口を離すと、身を起こして前進してきた。

ペニスに跨がり、自らの唾液に濡れた先端に割れ目を擦り付け、位置を定めると息を詰めてゆっくり腰を沈み込ませていった。

張り詰めた亀頭が潜り込むと、あとは重みと潤いでヌルヌルッと滑らかに根元まで受け入れた。

「アアッ……、いい気持ち……」

里沙が顔を仰け反らせて喘ぎ、キュッと締め付けてきた。

恭一も股間に温もりと重みを感じながら、肉襞の摩擦と熱いほどの温もり、きつい締め付けと潤いに包まれて快感を嚙み締めた。

上体を反らせて硬直している彼女に両手を回し、抱き寄せていくと里沙も身を重ねてきた。

恭一は抱き留め、両膝を立てて尻を支え、胸に押し付けられる乳房の弾力を味わった。動かなくても、息づくような収縮が繰り返され、応えるように幹がヒクヒクと中で跳ね上がった。

顔を抱き寄せ、下から唇を重ねると、すぐに里沙も舌を挿し入れてチロチロとからめてくれた。それに彼が好むのを知っているので、トロトロと口移しに唾液まで注ぎ込んできた。

恭一は生温かく小泡の多い唾液を味わい、うっとりと喉を潤しながら、滑らかに蠢く美少女の舌を舐め回した。

ズンズンと股間を突き上げはじめると、

「ああ……、すぐいきそう……」

膣感覚に目覚めた里沙が、口を離して喘ぎ、収縮を強めていった。

喘ぐ口に鼻を押し込み、甘酸っぱい濃厚な吐息を胸いっぱいに嗅ぎながら絶頂を迫らせて動き続けていると、愛液が大洪水になって彼の陰嚢の方まで生温かく濡らしてきた。

彼女も激しく動きはじめると、恥毛が擦れ合い、コリコリする恥骨の膨らみも痛いほど股間に押し付けられた。

もう我慢できず、恭一は思いきり全身で絶頂の快感を受け止めた。

「い、いく……！」

呻きながら熱い大量のザーメンをドクンドクンと勢いよく注入すると、

「き、気持ちいいわ……、アアーッ……！」

噴出を感じた里沙は声を上げ、ガクガクと狂おしい痙攣を開始した。これからも彼女は常に大きなオルガスムスを得られることだろう。

恭一は快感とともに、自分の手で成長させた美少女の収縮を感じながら、心置きなく最後の一滴まで出し尽くしていった。

すっかり満足しながら徐々に突き上げを弱めていくと、

「ああ……」

里沙も声を洩らし、硬直を解きながらグッタリともたれかかってきた。

まだ膣内はヒクヒクと息づき、合わせるように彼自身も中で過敏に震えた。

恭一は里沙の喘ぐ口に鼻を押し込み、濃厚な果実臭で胸を満たしながら酔いしれ、うっとりと余韻に浸り込んでいった。

「ああ、気持ち良かったわ。また眠りそう……」

里沙は息を弾ませて言い、密着する胸から忙《せわ》しげな鼓動も伝わってきた。

それでも、また眠るわけにはいかないのだろう。ようやく呼吸を整えると、彼女はノロノロと身を起こして股間を離した。

そしてティッシュで割れ目を拭いながら屈み込み、愛液とザーメンにまみれた亀頭をしゃぶってくれた。

「あうう、も、もういいよ、有難う……」

恭一がクネクネと腰をよじって降参すると、さらに彼女は新たなティッシュでペニスを包み込んで拭いてくれた。

「じゃシャワー浴びてくるわね」

里沙が言ってベッドを降りると、そのまま恭一は、美少女の匂いの沁み付いたベッドに横になったまま休憩した。

最近は自分の部屋でしていないので、なかなか隠し撮りが出来ないが、考えてみれば、どうせ画像を見てオナニーする余裕もなく、毎日強烈な体験が繰り返されているのである。

ようやく彼も起き上がって身繕いをし、里沙の部屋を出ると、ちょうど彼女も出て来て昼食の仕度をした。

そして二人で、トーストとサラダで早めの昼食にした。

「今夜は小百合さんの家に泊まるの」

「そう、また色々お話しするんだね」

里沙に答えながら、また女同士で戯れるのではないかと思った。明朝は、小百合と一緒に出て短大へ行くらしい。

「ええ、でも課題を手伝ってもらうだけ」

彼女は言い、やがて食事を終えると、洗い物を済ませて出かける仕度をした。

「じゃ明日の晩に」

里沙は言い、家を出ていってしまった。

一人残った恭一は、メールチェックをしてから仕事の段取りをしたが、結局横になって夕方まで眠ってしまったのだった。

何しろ今夜は一晩中、亜津子と過ごせるのだから、せっかく二人きりなのに早々と眠くなってしまったら勿体ない。

彼が　起きると間もなく亜津子が帰宅し、甲斐甲斐しく夕食の仕度をしてくれた。

もちろん彼女も普段通りだが、やはり今夜二人きりなのを意識しているように、心なしか緊張気味で言葉少なだった。

やがて二人で夕食を終えると、恭一はすっかり期待に股間が熱くなってしまった。

もちろん一眠りしたし、里沙との射精は昼前だったから、心身ともに元気で淫気も満々だった。

そして風呂に入って歯磨きと放尿も済ませ、腰にバスタオルを巻いて出ると、亜津子も洗い物と戸締まりを終えたところだった。

4

「ね、すぐ亜津子さんの寝室に行きたい」

恭一も、もうためらうことなく欲望を前面に出して言った。巻いたバスタオルの股間も、すでにピンピンにテントを張っている。

「まあ、私はシャワーを浴びてはいけないの……？」

「うん、亜津子さんの匂いが好きだから」

亜津子も白い頬を上気させ、目をキラキラさせているので淫気も相当に高まっているのだろう。

「じゃママって言ってくれたら、何でも言うことをきいてあげる」

亜津子がじっと恭一の目を見つめて言うので、彼は激しく胸を高鳴らせた。

やはり、そう呼ばれることを望んでいるのだろうし、そろそろ言わなければいけないのかも知れないと思った。

「あ、亜津子ママじゃダメ……？」

彼はゾクゾクと胸を震わせて言った。

「それじゃどこかのお店のママみたいだわ。やっぱりまだ言えない？」

「うん、じゃ言う。ママ……」

恭一が顔を熱くさせて言うと、いきなり亜津子が彼を抱きすくめてきた。

「むぐ……」

ブラウスの膨らみに顔が埋まり込み、恭一は心地よい窒息感に呻いた。繊維を通して、生ぬるく濃厚に甘ったるい匂いを感じ、彼は目眩《めまい》を起こしそうなほどの興奮に包まれた。

「ああ、可愛いわ。じゃお部屋へ行きましょう」

亜津子が囁き、ようやく腕を緩めてくれた。そのまま一緒に寝室に入ると、恭一は腰のタオルを解いて、先に彼女のベッドに横になった。

枕に沁み付いた悩ましい匂いを嗅いでいると、亜津子は照明をやや落としてから、あとはためらいなく脱いでいった。

見る見る白く透けるような熟れ肌が露わになってゆき、ブラを外すと巨乳が弾むように現れた。そして最後の一枚を脱ぎ去り、一糸まとわぬ姿になった亜津子がベッドに上って添い寝すると、また熱烈に抱きすくめてくれた。

豊満な美熟女に腕枕され、恭一はうっとりと温もりと匂いに包まれた。

「アア……、どうしていいか分からないほど可愛い……」

亜津子が感極まったように息を弾ませて喘ぎ、しきりに彼の髪を撫で回した。

やはり里沙がいない夜なので、今までで一番興奮が高まっているのだろう。

「あなたをおなかに入れて、私の子として生みたいわ……」

亜津子が熱い息で囁いた。

そうした母子の感覚と性欲は一致するのだろうかと疑問に思ったが、それが彼女独自の感覚なのかも知れない。

すると亜津子がチュッと恭一の額にキスしてくれ、彼は濡れた唇の心地よい感触に思わずビクリと肩を震わせた。

「ああ、気持ちいい、舐めて……」

「どこを？」

彼が言うと、亜津子が顔を覗き込んで囁いた。

「鼻の頭からおでこまで……」

答えると、亜津子は舌を伸ばし、鼻の頭から額までゆっくりと滑らかに舐め上げてくれた。ヌメリのある舌が気持ちよく、熱く湿り気ある吐息が濃厚な白粉臭を含んで鼻腔を刺激した。

「ああ、息がいい匂い。刺激がちょうどいい……」

「まあ、刺激があるのね？　急いで歯磨きすれば良かった」

「ううん、今が一番いい。小さくなって、ママのお口に身体ごと入ってみたい」

「ああ、またママって呼んでくれたわね。それでどうされたいの？」

「細かく嚙んで、飲み込まれたい」

「食べられたいの？」

「うん、おなかの中で溶けて栄養にされたい……」

激しく勃起した幹をヒクつかせながら、彼はこんな会話と息の匂いだけで果てそうなほど高まってしまった。

「ね、食べる真似して」

「ダメよ、そんなこと言うと本当に食べてしまいそう……。でも、そうしたらあらためて私のおなかから生めるかも知れないわね」

亜津子が甘く囁き、口を開いて彼の頬に歯を立ててくれた。

甘美な刺激が与えられ、彼女は咀嚼するようにモグモグと歯を動かした。

「アア、もっとお行儀悪く音を立てて、飲み込んで」

喘ぎながら言うと、亜津子もピチャクチャと音を立てて唇と歯で顔中に刺激を与えてくれた。

綺麗な歯並びが頬や鼻の頭を噛み、舌も這わせると顔が生温かな唾液にまみれた。

そして彼女がゴックンと喉を鳴らし、

「美味《おい》しい……」

と囁くと、何やら本当に彼は美熟女に食べられていく気がした。

「何度もゴックンしてからゲップ出して」

「まあ、すごく嫌な匂いだったらどうするの……」

「もっとメロメロになる。ママの胃の中に入った気持ちになるから……」

せがむと、なおも亜津子は彼の唇まで噛んで何度か息を呑み込み、やがてケフッとおくびを洩らしてくれた。

里沙の時は食べたファーストフードの匂いだったが、亜津子は夕食のオニオン臭が白粉臭に混じって濃厚に鼻腔を掻き回してきた。

「ああ、濃い匂い……」

恭一は夢中になって言い、勃起した股間を太腿に擦り付けた。

「嫌じゃなかった？」

「うん、いきそう……」

「入れる？　それともお口に出す？」

「まだ勿体ないので、身体中舐めてからね」

彼は答え、巨乳に顔を埋め込んで乳首に吸い付いた。

「アア……」

すぐにも亜津子が熱く喘ぎ、仰向けの受け身態勢になってくれた。

恭一も上からのしかかり、左右の乳首を順々に含んで舌で転がしては、顔中で豊かな膨らみの感触を味わった。

両の乳首と巨乳を味わい尽くすと、彼は亜津子の腋の下に鼻を埋め込み、甘ったるい濃厚な汗の匂いに噎せ返りながら、生ぬるく湿った腋を舐め回した。

「あう……」

亜津子がくすぐったそうにクネクネと悶え、彼は抜けるように白く滑らかな熟れ肌を舐め降りていった。

形良い臍を探って下腹の弾力を顔中で感じ、腰から脚を舐め降りて肌の感触を味わった。足裏にも舌を這わせ、指の間に鼻を押し付けると、やはり一日中働いていたそこは生ぬるい汗と脂にジットリ湿り、ムレムレの匂いが沁み付いて彼の鼻腔を刺激してきた。

恭一は両足とも充分に嗅いでから爪先をしゃぶり、全ての指の股の味と匂いを貪り尽くしてしまった。

そして亜津子を大股開きにさせ、脚の内側を舐め上げ、ムッチリと張り詰めた内腿をたどり、熱気と湿り気の籠もる股間に迫っていった。

割れ目からはみ出す陰唇は興奮に色づき、ヌラヌラと大量の愛液を漏らしていた。

もう堪らず吸い寄せられるように顔を埋め込み、黒々と艶のある茂みに鼻を擦りつけて嗅ぐと、隅々に籠もった汗とオシッコの匂いが生ぬるく蒸れて悩ましく鼻腔を刺激してきた。

「いい匂い」

「あう……！」

嗅ぎながら股間から言うと、亜津子が羞恥に呻き、キュッと内腿で彼の両頰を挟み付けてきた。

恭一はもがく豊満な腰を抱え込んで押さえ、匂いを貪りながら舌を挿し入れていった。淡い酸味のヌメリが舌の動きを滑らかにさせ、彼は里沙が生まれてきた膣口の襞をクチュクチュ掻き回し、柔肉をたどりながらゆっくりとクリトリスまで舐め上げていった。

「アアッ……！」

亜津子が喘ぎ、ビクッと顔を仰け反らせて内腿に力を入れた。

チロチロとクリトリスを舐めて見上げると、白い下腹がヒクヒクと波打ち、巨乳の間から色っぽい表情で仰け反る義母の顔が見えた。

溢れる愛液をすすり、味と匂いを堪能してから、彼は亜津子の両脚を浮かせ、豊かな尻の谷間に鼻を埋め込んだ。

顔中を押し付けると双丘が密着して弾み、蕾を嗅ぐと蒸れた汗の匂いに、淡く生々しいビネガー臭が感じられた。

別にシャワー付きトイレでない場所で大の用を足したわけではなく、思わず気体が漏れることもあって、その名残かも知れない。

恭一はギャップ萌《も》えで刺激を嗅ぎまくり、舌を這わせてヌルッと潜り込ませ、滑らかな粘膜を探った。

「く……、ダメ……」

亜津子が呻き、キュッときつく肛門で舌先を締め付けた。

やがて充分に舌を這わせ、甘苦い粘膜を味わってから脚を下ろし、舌を引き離すと彼は左手の人差し指を舐めて肛門に潜り込ませ、右手の二本の指を膣口に挿入し、内壁を擦って天井のGスポットも圧迫した。

5

「あう……、い、いい気持ち……!」

恭一が前後の穴の中で指を蠢かせると、亜津子がそれぞれの指をきつく締め付けながら声を上げた。

彼は指を動かしながら、さらにクリトリスに吸い付くと、最も感じる部分の三点攻めに亜津子は狂おしく腰をよじらせ、大量の愛液を漏らしてきた。

「も、もうダメ、お願い、いきそうよ……!」

必死に声を絞り出して懇願するので、やはり指と舌で果てるのが惜しく、早く一つになりたいのだろう。

ようやく恭一も舌を引っ込め、前後の穴からヌルッと指を引き抜いた。

「アア……」

その刺激に亜津子が喘ぎ、股間を庇《かば》うように両膝を閉じた。

膣内にあった二本の指は白っぽく攪拌《かくはん》された愛液にまみれ、指の腹は湯上がりのようにシワになって湯気を立てていた。肛門に入っていた指に汚れはないが、嗅ぐと生々しい刺激が鼻腔をくすぐった。

やがて攻守交代するように亜津子が身を起こしてきたので、彼も入れ替わりに仰向けになって股を開いた。

すぐにも彼女は恭一の股間に陣取り、両脚を浮かせて肛門を舐め回してくれた。

「あう……」

股間に熱い息を受け、舌先がヌルッと潜り込むと彼は快感に呻いた。

亜津子も中で舌を蠢かせ、やがて脚を下ろすと陰嚢をしゃぶり、充分に睾丸を転がしてから顔を進めてきた。

ペニスの裏側をゆっくり賞味するように舐め上げ、先端に来ると粘液の滲む尿道口を探り、丸く開いた口でスッポリと呑み込んでいった。

「アア……、気持ちいい……」

恭一は喘ぎ、義母の口の中でヒクヒクと幹を震わせた。

亜津子も根元まで含んで吸い付き、クチュクチュと舌をからめて唾液にまみれさせてくれた。

さらに顔を上下させ、スポスポと強烈な摩擦を開始すると、

「い、入れたい……」

恭一はすっかり高まりながら言った。すると亜津子もスポンと口を離して前進し、
彼の股間に跨がってきた。先端に割れ目を当て、性急に座り込むと、彼自身はヌルヌ
ルッと滑らかに根元まで嵌まり込んでいった。

「アアッ……！　奥まで感じるわ……」

亜津子が股間を密着させて喘ぎ、身を重ねて彼の肩に腕を回してきた。

肌の前面が密着し、巨乳が押し潰れて弾んだ。彼も両手でしがみつき、膝を立てて
豊満な尻を支えた。

亜津子が上から唇を重ね、舌をからめながら徐々に腰を遣いはじめた。

恭一も熱い息で鼻腔を湿らせ、ズンズンと股間を突き上げては、何とも心地よい肉
襞の摩擦に高まった。

「ンン……」

彼女が呻き、締め付けと潤いを増していった。

「アア、気持ちいいわ、すぐいきそう……」

亜津子が口を離して喘ぎ、恭一も白粉臭の吐息に酔いしれながら絶頂を迫らせていった。

「息を嗅ぎながらいきたい。下の歯を僕の鼻の下に当てて」

言うと亜津子も口を開き、綺麗な下の歯並びを彼の鼻の下に引っかけてくれた。

嗅ぐと、口の中の濃厚な白粉臭と、下の歯並びの淡いプラーク臭も混じって鼻腔を刺激した。

何やら全身が、美熟女の口から膣から吸い込まれていく気がした。

しかもこの位置だと、亜津子の鼻の穴が目の前に迫ってよく見えた。それを知ったら彼女は嫌がるだろうが、滅多に見られない風景に高まり、彼は摩擦と匂いで昇り詰めてしまった。

「く……！」

突き上がる大きな絶頂の快感に呻き、彼はありったけの熱いザーメンをドクンドクンと勢いよく膣内にほとばしらせた。

「あう、熱いわ、もっと……、い、いく……、アアーッ……!」

噴出で奥深い部分を直撃され、亜津子も声を上ずらせながらガクガクと狂おしいオルガスムスの痙攣を開始した。

収縮も最高潮になり、恭一は心ゆくまで快感を嚙み締め、最後の一滴まで出し尽くしていった。

すっかり満足しながら突き上げを弱めていくと、

「ああ……」

ヒクヒクと身を震わせていた亜津子も熟れ肌の強ばりを解き、声を洩らしてグッタリと体重を預けてきた。まだ膣内は名残惜しげな収縮を繰り返し、刺激された幹が中でピクンと過敏に跳ね上がった。

そして恭一は義母の重みと温もりを受け止め、熱くかぐわしい吐息を間近に嗅ぎながら、うっとりと快感の余韻を味わったのだった。

互いに動きを完全に止め、重なり合ったまま荒い息遣いを混じらせていたが、やがて亜津子がノロノロと身を起こしていった。

「もう浴びてもいいわね……?」

言ってベッドを降りるので、恭一も起き上がり、フラつく彼女を支えながら一緒に寝室を出た。

バスルームへ移動し、シャワーの湯を全身に浴びると、ようやく亜津子もほっとしたようだった。もちろん恭一は、湯を弾いて脂の乗った熟れ肌を見るうちムクムクと回復していった。

「ね、オシッコ出して……」

例により彼はバスマットに仰向けになってせがんだ。亜津子もシャワーの湯を止めると、まだ興奮の余韻が残っているように、ためらいなく彼の顔に跨がってしゃがみ込んできた。

脚がM字になって内腿がムッチリと張り詰め、割れ目が彼の鼻先に迫った。濡れた茂みに鼻を埋めて嗅ぐと、やはり匂いは薄れていたが、舐めると新たな蜜に舌の動きがヌラヌラと滑らかになった。

「アア、いいのね、出るわ……」

亜津子が、バスタブのふちに摑まりながら言い、割れ目内部の肉を迫り出すように蠢かせた。

温もりと味わいが変わると、すぐにもチョロチョロと熱い流れがほとばしった。

「アア……」

亜津子が喘ぎ、次第に勢いを付けて放尿すると、彼は口に受けて味わい、噎せないよう気をつけながら喉に流し込んでいった。溢れた分が顔中を温かく濡らし、淡い匂いが鼻腔を刺激した。

味わいは控えめで抵抗なく喉を通過し、やがて勢いが衰えると間もなく流れは治まってしまった。

恭一はポタポタ滴る余りの雫をすすり、悩ましい残り香の中で割れ目内部を貪るように舐め回した。すると見る見る新たな愛液が溢れ、残尿が洗い流されて淡い酸味のヌメリが満ちていった。

「あう、ダメ、続きはベッドで……」

亜津子が言い、懸命に股間を引き離して椅子に戻ると、またシャワーで股間を洗い流した。

恭一も起き上がってシャワーを浴び、身体を拭いて二人は寝室のベッドに戻っていった。まだまだ二人だけの夜は長い。もう一回してから眠っても、また明け方に出来るだろう。

「ね、朝まで一緒に寝ていてもいい？」

「もちろん、私もそのつもりだから」

言うと亜津子も答えてくれ、再び二人は添い寝した。

（二回目は、どんなことをして、どんな体位で果てようか……）

恭一が思うと、亜津子の方から訊いてきた。

「ね、今度は何をされたい？」

「じゃ、背中やお尻を舐めたり嚙んだりして。痕が付いてもいいから強く」

言われて、彼は答えた。背面は、まだ誰からも愛撫されていないのである。

「まあ、やっぱり食べられたいのね。でも痕が付くほどは嚙めないわ」

亜津子が言い、恭一も寝返りを打つように彼女に背を向けた。

すると彼女は彼の肩に舌を這わせ、キュッと綺麗な歯並びで嚙んでくれた。さらに背中のあちこちにも甘美な刺激が与えられると、

「ああ、気持ちいい……、もっと強く……」

背中が意外なほど感じるという新鮮な発見に、彼はクネクネと悶えながら喘いだ。

亜津子もまるで本当に食べているように恭一の背中を舌と歯で愛撫して這い下り、尻の丸みにもキュッと歯を食い込ませてくれた。

そして尻の谷間も舐めてくれ、やがて彼は仰向けにさせられた。亜津子はすぐに、すっかり回復しているペニスに屈み込んできた。

「そ、そこだけは嚙まないで……」

「さあ、どうしようかしら。興奮して嚙み切ってしまうかも」

言わずもがなのことを言ったが、亜津子は目をキラキラさせて答え、先端をチロチロと舐め回し、張り詰めた亀頭を含むと、そのままスッポリと根元まで吞み込んでくれた。

「アア……！」

恭一はすっかり身を投げ出して喘ぎ、義母の愛撫に包まれていったのだった。

（了）

※本作品はフィクションです。
作品内の人名、地名、団体名等は
実在のものとは関係ありません。

長編小説

義母《ぎぼ》と義妹《ぎまい》 みだら家族《かぞく》

睦月影郎《むつきかげろう》

2022年12月19日　初版第一刷発行

ブックデザイン……………………… 橋元浩明(sowhat.Inc.)

発行人…………………………………………… 後藤明信
発行所………………………………………… 株式会社竹書房
〒102-0075　東京都千代田区三番町8－1
三番町東急ビル6F
email：info@takeshobo.co.jp
http://www.takeshobo.co.jp
印刷・製本……………………… 中央精版印刷株式会社